止不住的梦想

一个农民工的生存日记

姬铁见 / 著

九州出版社 JIUZHOUPRESS | 全国百佳图书出版单位

图书在版编目（CIP）数据

止不住的梦想 / 姬铁见著. -- 北京 : 九州出版社, 2013.6（2014.11重印）
ISBN 978-7-5108-2202-5

Ⅰ. ①止… Ⅱ. ①姬… Ⅲ. ①日记—作品集—中国—当代 Ⅳ. ①I267.5

中国版本图书馆CIP数据核字(2013)第137466号

止不住的梦想

作　　者	姬铁见　著
出版发行	九州出版社
出 版 人	黄宪华
地　　址	北京市西城区阜外大街甲 35 号 (100037)
发行电话	(010)68992190/3/5/6
网　　址	www.jiuzhoupress.com
电子信箱	jiuzhou@jiuzhoupress.com
印　　刷	三河市九洲财鑫印刷有限公司
开　　本	680 毫米 ×970 毫米　16 开
印　　张	15.5
字　　数	195 千字
版　　次	2013 年 8 月第 1 版
印　　次	2014 年 11 月第 2 次印刷
书　　号	ISBN 978-7-5108-2202-5
定　　价	29.80 元

目 录

我问他为什么不在大宿舍——也就是可容纳百余人的地下室睡觉？他说，地下室两边通风不说（没有隔墙），而且还潮湿得厉害，如果半夜起床能发现被子像雨浇了一样水淋淋的，这样住下去，他真担心自己的老毛病——风湿腿会复发了。

可在工地，市场上什么菜大量上市最便宜，这段时间内便只吃这种菜，这个时期以来，我们早、中、晚一天吃的都是茄子，我对吃饭还不挑剔，可吃着吃着就怕了……

我捞了半碗面条，待到吃完重捞时，却发现满满一大盆子的菜连汤水也没了，不得已，只好舀了一碗面汤用来充饥。

我还是第一次听说得了病可以挺一挺就能治好的；我觉得自己对自己已经够苛刻了，听了老张的话，才知道还有不少人对自己比我还要苛刻呢！

五元加至六元，仅仅多了一元，就心疼了——我想，这件事也许可以这样看待：不能完全说他们太抠门了，其实它恰好形象地说明了建筑工人的不易，因为是血汗钱，那一元钱便在他们的心里占了很大的分量！

哎，因为一天要干十多个小时的活儿，一些工人特别是工长家乡的那些工人，就和厕所热乎上了，不管是否内急，都要到厕所蹲一会儿。厕所，竟成了他们的安乐之所。

哎，在工地就是这样，干活的时候也不知是身体麻木了还是怎么回事，很多时候并不觉得特别累，只有到了不干活休息的时候，难言的酸痛才会潮水一样一波一波地漫上来……

在建筑工地，我们小工不仅最出力，而且还最没有地位，有时就像一条狗似的被人吆来喝去，如果计较，出力又受气，早就待不住了。

就在此时，我没有料到，车上的人的目光，竟然一齐向我和“炮手”射来。那凛凛的冷色，分明透着怪异和不屑；而更加让我难受的，是“炮手”身边的那个美女，倏地站了起来，先是坐到我的身边，而后又迅速坐到了后面。

真的，刺鼻，窒息，没有任何防护措施；在工地这是稀松平常的事儿，没人会想起也没有人会在乎身体会受到什么伤害，建筑工人的身体怎能那样娇贵呢？我只能忍着呛人的灰尘，在硝烟中以不惜身体健康为代价，来赚取那几十元钱。

这个结果，早在我的预料之中。因为离了你，人家的大楼照样要盖起来，用一位负责人员的话说，那就是“三条腿的蛤蟆不好找，两条腿的人还不好寻吗”？

我浑身的火气正火山喷发似地“突突突”乱窜，见此情形，一下扑到他们跟前，指着工长怒声吼道：“你们这么做还有良心吗？要是不给个说法儿，今儿个我不砸你们的锅我给你们玩儿命！”

那十元钱，我觉得那是别人对我劳动的尊重和赞赏，渺小的我，好像因为这十元钱体会到了自身的价值！虽然，这种价值是用力气搏来的。

晚上，我没有想到，为了欢度中秋节，工地竟然给我们每人发了四个苹果和四个月饼。

老实巴交的工人，也有精神上的追求呢！虽然，这种追求被没日没夜的劳作苦苦压制着，几乎已被湮没。

酒，酒，酒！都是你惹的祸。回到宿舍，想起这些事，我既感到恼火，又感到无奈——在这里，不喝酒，还能干什么呢？找小姐或是睡觉？但也不能总打炮总睡啊。再说，不喝酒，那满身的疲惫和满心的压抑，怎么排遣呢？

有时候，两个人都想那事了，结果因为破环境，整来整去怎么也整不好。特别我老婆，没办法就使劲咬我，咬得我好痛好痛，时间一长，搞得我都不敢想那事了。哎，说来说去，还是咱们命苦，享受不了人家享的那个福分哟！

回家，回家！多么诱人多么温馨的字眼儿，不知是不是因为脚伤心里难受，或者自己也的确想家了，我的鼻子一酸，一种想哭的冲动，差一点使我热泪盈眶……

大家都说城里的老人孤独，而农村的那些老人因为子女的外出务工，也同样孤独啊！而他们的孤独，因为生活的无奈和困难，比起城里老人的那种孤独显然是要辛酸和凄凉了。

可能是在工地待的时间长了吧，我觉得这些出力流汗的汉子，把如今我们这个社会上看得很淡很淡的感情，都看得很重很重，而看得很重很重的原因，是因为他们家庭或命运的困窘而太缺乏关爱和温暖了，直白一些，就是说他们大多是丧失了情感的人。

罕见的神色，不仅让我吃惊，而且让我彻悟：也许这就是他们能够忍受苦难、负重而行的精神支撑吧！虽然这种精神支撑在很多人眼里看似不以为然甚至庸俗可笑，可它迸发的能量，因为常人无法想象的沉重的生活，在他们身上却是巨大而又巨大的！

哎，在我们这些农民工的眼里，保险的意义，哪能抵得上虽是微乎其微但却实实在在的四元钱的分量啊！

渐行渐远的，是吃了一年的苦受了一年的累；越来越近的，是想了一年的家做了一年的梦。

序　言

农民工（诗歌）

离家出走在岁月的流沙中从没回头
在多少人拥挤的路上在自己走出的路上
总以为抬头向远方走向张开帆的远洋航船
再也不去闻地里庄稼的青涩和
庄稼在阳光里的梦
再也不去咀嚼玉米秸秆里
那少得可怜的甜意和童年的梦
再也不去听雨后黄土地的淌血
撕裂的呻吟与向往平静
背着挑不动的家离家走出没有回头
太阳离开了阳光挣脱云的嘲笑
风筝的线却拴住一片云
不熟谙路途迢迢
对出走惊奇得就像受惊的小鹿
奔跑在世事峻岭千壑间

当疲惫地停歇脚步时
回头再也看不到那片

II

穿透童声匍匐在下
嬉戏的红杆杆绿叶叶的荞麦花香
泥土地上画在场院里的西瓜
有多少小小的嘴巴流着口水争抢
在涝坝里抓些泥巴手捏出个
乡间动物园分享动物的快乐

当孤独地捡拾记忆残片时
眼前再也看不到打碾场上
露出两只羊角辫的她
抬头她就把童年
带进了金色中的两小无猜里
两只白面馒头般的小手
爱在空中比划着像彩虹那么可爱……

在西坡东坡洋槐花纺织雪片
她端来一碗苦荞面透着风声
对着村口说：我要远嫁外乡
山泉水拥着微风的腰顺着峡谷
带着浓浓洋槐花的甜馨离开了家乡……

一卷草席就是全部的盘缠
出走在喧嚣中的日子里
今夜，打开星辰的门窗向里探望
发现，家乡田间不见扶犁挥锄种田人

多想，看他们的穿着是用靛蓝染的布衣人
还是，把故乡中粜粮买锄头过过目
回归到让心动不起来的静谧里
一声轻叹就是全部的语言

在城市触摸季节
就像黑夜里在城市中的惨白
油菜花把大片土地渲染得灿烂
在乡村春天返青
风，还在故乡的田里对庄稼诉说
你，扶着大风的肩头站在村口
——无语，雨也默不作声

这是我写于2005年的一首诗，当我读完这部“工地日记”后，第一个想到的就是这首《农民工》，好似这二者在某种状态下有着特殊契合，因此我把这首诗从诗集《燃烧的泪》中找出来用于这个序言的开篇。“民工”或者“农民工”都不是我想用和不想看到的新创“词汇”，因为它既不人性也不合理，乡村居民（农业户籍）离开家乡进入城市从事二三产业工作，他（她）们的职业身份已经改变为二三产业的工人（职工、职员），他们就不应该再是从事农业生产的农民了，可一些媒体与相关部门却依然要给这些从农村走出来而改变了职业特征、特性的乡村居民身份上依旧打上一个身份歧视性的烙印——农民工。这本身就是对乡村居民一种精神上以及身份上的歧视，由此而衍生的肆意克扣、拖欠工资、公共场合的准入歧视等等不合理、不人性的许多欺辱性限制。

言归正传，科技再发达，社会再进步，经济再强盛，人类的最基本热能补充依然缺少不了一日三餐的粮食，因此在农业第一线的农民本应该是最可敬的人，因为他们不论酷暑严寒，只要农业生产需要，他们一日也不敢懈怠地下地干农活，侍弄庄稼，为我们提供着生活必不可少的粮食。由此可以这么认定，农民是全社会稳固的最坚定的基石，我们对待“基石”的态度就决定着我们这个社会是否能够稳定、安宁与祥和。我们不要辜负他们的辛劳，我们不要用世俗的眼光去低看在农田劳作的农人，正是因为他们在没有豪华的办公楼、没有舒适的冷热空调房的庇护下干着粗活、累活、脏活，才为我们提供了充足的粮食与食物，但他们离开土地又开始为城市卖苦力——建筑工，我们多数人关心房价，关心房子的户型是否舒适等问题，但很少有人关心这些房子建造者的生活处境与他们所付出的艰辛劳动。当读了这部“工地日记”，我先是酸楚，后就由酸楚到转为敬重，尊重。敬重他们的承受力与耐力，敬重他们默默地为城市建设流血又流汗后，在交付一个工程后依然背起他们来时的“蛇皮袋子”去往下一个工地……

这部“农民工”著作，原生态地记录一群农民进城务工的真实生活经历以及心路历程，它为我们精准地打开了一扇通往“民工”生活的大门，让我们更加真切地认知“农民工”这一群体。我研究农民问题已经多年，精力、注意力多集中在探究农民贫困问题以及贫困的成因上，只有极少的时间涉足“农民工”问题，且多数还是停留在一些公共性较强的问题上，如我提出的让农民工实现“四化”：一、市民化。不能带有歧视性、两套甚至多套政策来假性给“民工”市民化。要与常住市民共享同一政策，与常住市民同享平等的各项福利待遇以及社会保障。二、定居化。一是无条件限制、无高额费用地办理工作地、经商地户籍，二是同时相应配套解决住房问题。让进城务工、经商的农民工有一个稳定良好的生活工作环境。三、工人化。就是去掉农民的“农”字，加上“市”字。一字之差，却去之千里。市民职工享有一切完善的社会保障和福利待遇，而农民职工却是二流甚至是三流、四流、末流打工者。也就是这一字之差，却是歧视与平等的分水岭。老板不敢轻易对市民职工欠薪，可农民工就不一样了，有些老板连国法都不怕，恶意拖欠农民工工资。因为这些老板知道“民工”在他们眼里是二流公民，不是一个强势群体，所以就放开胆子任意欺凌。只有让农民工不再是“民工”，而成为真正的市民职工，那欠薪才会随之消失。四、无忧化。就是人性化解决长期外出务工、经商的农民夫妻城乡分离问题，解决子女与父母亲分离问题，解决农民工与父母分离问题（子女远离老人无法照顾，形成了农村老人无人照料的凄凉晚年生活景象）。这“四化”是我为解决“春运”难题而提出的，但是我觉得也非常适合城市化发展方向。

有幸读到这部“农民工”著作，让我重新关注“农民工”问题，解决好“农民工”问题有利于解决我所倾注的——消除农村贫困问题，同时也将极大地促进我国城市化健康发展。

“三农”问题学者　爱新觉罗·蔚然

2013 年 7 月 5 日

缘　起

1．个人简历

姬铁见，男，1973 年 8 月 17 日出生，河南省平顶山市鲁山县尧山镇尧山村人。1992 年至 1995 年在福建省漳州市某部服兵役。退伍之后，为了生计一直在外漂泊，且多在社会底层务工。由于热爱文学，打工期间坚持笔耕不辍，迄今共在各种报刊发表文艺作品共约十万余字。

2．家乡情况

家乡位于豫西山区，是著名的旅游重镇。虽然人均土地较少（可耕土地人均大约仅仅零点三亩），但因发达的旅游业，村里建设和村民生活相对较好，其中郑石高速直达村镇。

3．村里收入

因为没有土地，村民收入主要来源这么几种途径——一是在家经商；二是依靠旅游业开办农家宾馆；三是外出经商；四是外出务工。挣钱最少也最为辛苦的，是外出务工。外出务工的村民几乎都是没有条件从事经商且为人实诚的人。

4．我的家庭收入

家庭基本情况：我家共四口人，母亲、我、媳妇和儿子。因为儿子还小，才刚刚五岁，母亲体弱多病，所以媳妇不能外出务工，一家人的生活负担全靠我一人支撑。

家庭支出情况：因为家乡位于豫西山区，土地本来很少，加上近年实施旅游开发、城镇一体建设，土地几乎流失殆尽，食用的米和面，要花钱购买；俗话说，再苦不能苦了孩子，在儿子身上，每月要用去一点零花钱；母亲的药费；有关人情世故费用（近年来，这些费用在乡下疯长得十分厉害）；自己的消费（每月控制在五十元以内）。我们没有做过具体统计，但我敢保证，按照这些名目开支，我家每月至少得消费三百五十元（我想这个数字应是绝对基本也绝对令人信服的）。而且，这三百五十元也只能是正常情况下最为基本的开支，如果遇到特殊情况，就不好说了。

家庭收入情况：按目前情形计算，做一个工五十元（这是我敢保证的），一年做220个工（这个也是我敢保证的），总收入大概就是一万一千元左右。如此计算，除去支出，我家全年的收入也就是六七千元。

说起盖房，现在家乡盖房盖的几乎全是楼房，按最低标准两层计算，大约需要十五六万元；以此推算，我想盖房至少得奋斗二十年——不敢想象的遥不可及的目标，我能不“失望”能不“无奈”吗（因为如此，我总是感到脆弱，神经质般地感到脆弱，从来不敢去想那些任何的风吹雨打；一旦想起，就会有一种好像随时都要消失似的莫名的恐惧和紧张）？

5．打工背景

2009年，因为全球经济危机的原因，从家乡附近县城一家矿山公司失业下岗的我，因为一时无事可做，不得不跟随村里长期在外干建筑的老乡一起外出干苦力。

因为业余时间闲来无事，也因为我觉得很多人不完全了解这个和我一样在建筑队靠体力养家糊口、在我们国家有着近两亿多的农民工群体，还为了告慰这段让我刻骨铭心的小工生涯，我便写起了工地日记……

自　序

不知该说什么才好，因为我的身份和地位。

自从退伍回乡、踏入社会，近二十年来，发现自己一直是在社会底层奔波、挣扎——先是六年保安生涯；后到广州、深圳闯荡，本想能够干出事业，结果毫无起色，仍是底层谋生；直至在矿山在工地务工，一步一步走过来，所有的脚步几乎全是沉重的记忆。

幸好还有梦想，虽然这个梦想可能已经不合时宜，并且似乎遥不可及，但她安慰着我并让我感到还有未来和希望；对我个人而言，一直觉得生活也许真的不会亏欠任何一个人，你在一些地方失去的，必定会在另一些地方得到。比如一直执著坚持着的写作，苦难的经历和沉重的生活，总让笔下的文字流露出原始的真实和质朴——

因为没有读过多少书，更没有上过什么文学之类的院校，我觉得自己的写作只是笨拙地真实地记述，好像从来写不出什么深奥的哲理和精辟的见解，更别说什么洋洋洒洒地引经据典，而且有些文字看起来可能很是灰暗很是庸俗甚至很是卑陋。

欣慰的，是我读我的文字，有时也会控制不住地热泪盈眶，控制不住地一次又一次地热泪盈眶！如整理书稿那阵儿，我总是被自己还有工友的那些生活辛酸得潸然泪下！记得早晨上班的时候，坐在十三号线地铁上面，总是不由想起我的书稿，而一旦想起，就抑制不住地想要流泪。有几次，泪水已在眼眶打转，为了不让别人看见，我只好急忙用双手抵着额头，极力遮挡已在脸上流淌的眼泪——那些在建筑队干活儿的农民工真的是太苦太苦了（文中所述的我的脚伤，至今还在隐隐地痛着）！我从心底呼唤大家对他们能够多一些理解多一些关注，而不要拿什么硕士毕业生的工资还没有他们的高等等的事件来作极其幼稚和肤浅的新闻炒作。

最后，衷心感谢帮我出版此书的九州出版社社长黄宪华女士、营销总监古秋建先生，衷心感谢《北京青年报》编辑赵国明先生等为此书出版付出心血和汗水的人。

就这些吧，真的不知该说什么才好，毕竟，我只是一个农民工。

姬铁见

2013 年 5 月 19 日写于北京昌平

第一章　出发

车子终于发动了，高高的大巴车上，里面坐的全是提着大大的蛇皮袋的老乡。他们和我一样，都是到工地上干活儿的。

就这么开始了

2009年2月14日　阴转小雪

早晨，天还是漆黑漆黑的，邻居柯叔（他姓柯，是我的长辈）便敲门叫我了。其实，我早已醒了，昨天晚上，像以往每次出远门的时候那样，我和媳妇都辗转反侧，彻夜难眠——又要长久分离的酸涩，把睡意给赶到了房后山那边很远很远的地方，一直没有回来。

我起床后，媳妇也起来了，她帮我再次整了整昨天晚上就已整理好了的用大大的长筒型的蛇皮袋装着的行李，前看看，后瞅瞅，生怕有什么东西给遗忘了。忙前忙后的样子，使我一晚上堆积起来的愁绪和牵挂，突地又多了几分，她知道我这个农民工其实是不会带什么值钱的或是什么重要的东西的，她那样做，是她不忍我们分离的无言的表达！哎，贤惠的媳妇。

走到门口，我忽然返身走回床边，轻轻掀开被子，在儿子嫩嫩的、红红的脸颊上面狠狠亲了亲。媳妇的眼睛，立刻湿了；我不敢再待了，再待也要哭了，一咬牙，背起大大的蛇皮袋，跟着柯叔向镇子里的车站走去……

车子终于发动了，高高的大巴车上，里面坐的全是提着大大的蛇皮袋的老乡。他们和我一样，都是到工地上干活儿的。

滚滚的车轮，载着我们向山外飞去;我的思绪，一如滚滚的车轮——透过车窗，看着一闪而过的家乡的那些山坡和原野，我不停地想：难道就是因为我的出身，而注定了要不停地奔波、要不停地辛劳?

因为是包车，加上走的都是高速，不多时，就到洛阳了。在这里，我们要换车。跟着大伙走到下面，看到天空中飘着细密的雨丝和硕大的雪花，还被别离的情绪包绕着的我，心情也就更加的潮湿了。

突然，有两个老乡吵起了架。原因，是其中的一个老乡说了“嗨，今天是情人节呢”！这句话后，另一个愣头愣脑地接腔道:“情人节，关你屁事啊。要不，你别去干活了，也和城里人一样，买朵破玫瑰，找情人去吧！”起始说“情人节”的那个人嫌这个老乡讲话不中听,就戗上了。我听了，也觉得后面接腔的那个老乡讲话确实不中听，并因此想劝劝他，然而，可能是自己的情绪受到了感染，话到嘴边竟又说不出口——浪漫的情人节，距离我们，是多么多么遥远啊!

下午2点多钟，我们便赶到了要干活儿的地方，山西省某市某某单位新址在建工地。工长给我们指了一个房间，我们把床铺铺了，把东西归置了，就算是加入到了建筑队，只等明天上工劳作——工地生活，就这么开始了!

第二章　工友

早晨一上工，一位工友便神秘地把我叫到一旁，满脸严肃地问我：「咱们朔州工地出事了，一下死了三个人，你知道不知道？」我本能地一惊，立即想起了几天前刚刚去那里干活儿的五个老乡，一种不祥的预感随之涌上心头。

被戴绿帽的二虎

2009 年 8 月 7 日　晴

晚上，大伙聊天时说到了我们村子里一个名叫二虎的老实巴交的人。说起他，也没啥特别的原因。在工地，总是这样，没事的时候，大伙就东里长西里短地瞎扯，扯到啥说啥扯起谁说谁。我听大伙说他往年都是跟着大伙一起出来干建筑队的，今年却不出来干了。原因呢，是他怕自己的老婆在家耐不住寂寞跟别的男人瞎混。更有甚者，说他老婆在家干着那个生意呢（直白地讲，就是卖淫）。

听到这个议论，我突然一震，感到很是惊讶——因为二虎的老婆，我是知道的。她在镇上开了一个照相馆，以前我在她那儿照过相。我记得她长得十分端庄、耐看，讲起话来柔柔的、细细的，完全一个娴淑女人形象，怎么会干那事呢？

我的好奇，一下涌了上来，便问一位比较要好也比较实在的和二虎做邻居的老乡，大伙说她的那些不光彩的话是不是真的？让我更加惊讶的，是这位老乡不仅说是真的，而且见我一脸地不相信，竟笑着说不信可以把二虎老婆的手机号码给我，让我冒充嫖客给她联系一下就知道了。那猥亵的眼神，仿佛他就和二虎的老婆干过那事似的。

不知怎的，我的心一下狂跳起来；我控制不住地想验证一下。后来，我借用老乡的手机，一个人跑到外面，忐忑着试了好多次，却最终没有拨动按键。我觉得自己的心堵得厉害——不仅为二虎和她的老婆，也为自己的家庭，虽然我知道妻子是一个很本分的人，但这一刻我却神经质般地有了沉沉的犹疑。

“炮手”阿成

2009年8月3日　阴

今天上午，因为停电无法施工，经不住室友——也就是我的憨傻得因为不识一个字而自个儿一个人不敢外出的老乡阿成，确切一些就是因为爱玩小姐出了名的工地上人人皆知的“炮手”的顽缠，硬着头皮带他去到市内打炮。

2009年8月9日　阴

今天中午发放零花钱，按规定每人二百元，可室友“炮手”却发了五百元。为什么那么多呢？因为他玩小姐出了名，一个月二百元根本不够用。辛辛苦苦挣来的钱，就那么送给了小姐，鄙贱或者不值？对此，我无言。

下午，我在工地上正干着活儿，忽然听到“炮手”和别人吵起了架，起始不在意，后来听见他鬼哭狼嚎似地大叫，以为出了什么事，就急忙跑了过去。结果，发现原来是他和一个工友在干仗。原因呢，是这个工友此时把“炮手”以往的一件丑事给抖搂了出来；“炮手”以为这件丑事实在有损自己的面子，就祖宗八代号啕着骂了起来。

还从没见他发过这么大的火呢，到底是什么丑事把他给惹怒了？我怀着好奇打听，想不到竟是一件艳事。那是去年“炮手”在这个工地干活的时候，工地上有一个开电梯的小妇女，因为模样还不错，“炮手”就不怀好意地跟这个小妇女套起了近乎。让人难以相信的，是邋里邋遢的“炮手”真的和那个小妇女好上了。据说，是一天下午，“炮手”和那个小妇女正在空无一人的七层楼上的电梯旁边的一个黑洞洞的小房间里抓摸着整那事儿，不料想让小妇女那个在另一个工地干活、突然前来寻找老婆的丈夫给逮了个正着。于是，好戏便上演了，那个小妇女的丈夫看到此情形，气得随手从地上捡起一根一米来长的胳膊粗的木棒，“哇呀呀”追着“炮手”打起来。“炮手”呢，自知理亏，只得顺着楼梯往下逃。一楼一楼追打下来，一直到楼下，被我们那些老乡看到，“炮手”才算是结束了棒刑。那个抖搂“炮手”这件丑事的工友对我说，当时我的那些老乡们本来是要向小妇女的男人讨说法的，但明白了事情原委，虽然看到“炮手”被打得满身伤痕，也只能不了了之。“炮手”呢，为此歇了好几天的工。

怪不得呢？这样的事，让别人知道了确实脸上无光。只是，那个小妇女怎么能看上“炮手”呢？我很是不解，继续追问工友。想不到工友狡黠地一笑，先是说“炮手”傻×；接着说那个小妇女之所以和“炮手”好，是因为她的老公没有那个能力，她的身上整日起着火呢。“你怎么知道的？”我再次傻头傻脑地追问。“我怎么知道？实话跟你讲吧，那个小妇女和我好过，白天干活的时候，我曾好几次把她领到我自己单独住着的小宿舍里面整那事儿。她老公没有那个能力，是她给我说的。你想啊，要是有能力，她会乱搞吗？”顿了顿，他接着说起了“炮手”的傻，说“炮手”不应该大白天的在楼上干那事，就算人家老公不发现，说不定也会被来回跑的工人看到。“看看我，领到宿舍里，门一锁，多安全！”

听着他的自我炫耀似的表述，我觉得他真的是比“炮手”精多了，只是那个精，我在心底不可思议地觉得好像不该发生在他的身上；还有那个小妇女，她的所为呢，我在心底也不可思议地觉得好像不该发生在她的身上。怎么会有这种感觉？干着活，我想了很久很久，最后，好像终于找到了答案——我想，那可能会是他（她）们都是农民工的原因吧！因为他（她）们都是农民工，很多人也许都会和我一样，自以为是地认为人性中那些看来阴暗的东西不该或是不会出现在他（她）们身上。哎，人性中那些善恶美丑的东西，看来应是在每个人的身上都有可能生发的。

即便如此，我依然在心底不可思议地觉得这些看来阴暗的东西不该在他（她）们身上出现，我不知道这是不是因为我的农民工情结太重太重了。

2009 年 8 月 12 日　晴

晚上，“炮手”给家里打电话，说是让邻居给他爹娘三百元钱，等自己回家了再把钱还给邻居。顿了一下，他又说道，因为其爹（以前的农村人，有不少管自己的父亲叫达或爹）身体不好，今年再坚持干一年，明年可能就出不了门了，得在家侍候老爹。一个自己都有些顾不住自己的庄稼汉，却时时想着自己的父母，让我再次觉得：“炮手”虽憨虽傻，且打炮成瘾，可多少还是有一些人性的光辉的。对于他的家境，我是知道的，我们之间仅有二里远的路。他有一个哥哥和一个姐姐，说来也真是奇怪：

他的哥哥在镇上卖菜，刚开始推着一辆手推车走乡串村，后来越捣鼓生意越大，直至在镇上租了门面当起菜老板，据说一年能挣十来万呢；他的姐姐更是有能耐，和老公一起做木材加工生意，光是工人就雇了五六个，一年收入好几十万。偏偏轮到“炮手”，就不行了，又憨又实，只能做苦力。

但是，令人慨叹的，是其哥其姐虽然有钱，但对爹娘毫无孝心，不管不问，竟交给自己还顾不住自己的“炮手”赡养。“炮手”呢，赡养爹娘无怨无悔，可孝顺了。只是，为此和哥姐闹翻了脸，据说还曾在大街上敲着锣骂过哥姐呢。

此外，“炮手”在老家还是有名的“义务工”。啥意思呢？就是说哪家要是有事请他帮忙干活儿，只要他愿意跟人家干，只出力不要钱，一分都不要。他总咧着嘴笑呵呵地说：“乡里乡亲的，咋好意思接钱呢？接了人家的钱，就薄气了。种地人，出点力怕啥呀！”

这在如今的农村，可以说绝对算稀罕事儿了——其实，以前叫人帮忙干活都是不要钱的，只管饭就行了。因为都是相互的，你帮我，我帮你，大家的劲头儿和兴致可高了。然而，自从流行打工之后，这一现象就逐渐消失了。因为好多年了，请人干活付人工钱早已形成了铁律，“炮手”坚决不收工钱的规矩，也的确是让人有些难以置信了。

2009年8月13日　晴

下午休息，本来想好好睡一觉，可是，经不住“炮手”的软磨硬缠，只好带着他去市内找小姐。他虽然是个记不住路的憨子，可对玩小姐十分内行，而且性欲旺盛得不可思议，手里一有钱就会缠着我带他去打炮。我想，像他这样的人，出来干建筑也许是非常合适的，毕竟待在家乡挣不来钱不说，哪有小姐供他发泄本能的欲望呢（实际上，像他这样的人，在建筑工地确实不少呢）？

在那家熟悉的旅馆，他依然先是吃了一丸壮阳的春药，在街上游荡了三十分钟，便钻进旅馆找到在当地的他曾经玩过的自以为很漂亮的那个小姐（“炮手”看小姐是否漂亮，主要是看对他是否温柔，只要对他温柔，哪怕长得像猪，他也以为人家很漂亮），给人家五十元钱（其实三十元就行了，而“炮手”之所以给人家五十元，是因为这位他熟识的小姐给他说：近来“生意”不好，几乎连吃饭的钱都没了，能否多给一点照顾照顾？“炮手”竟然信以为真，大发怜悯之心，果然就多给了人家二十元。因为这样的事，在他身上经常发生，工友们都取笑他是小姐的“大救星”），拉拉扯扯进了楼上的小屋。等他出来，我发现他满头大汗，心想肯定在药力下出了不少的力。返回途中，我想不到，他意犹未尽，又提出返回再打一炮。然而，回到旅馆，小姐嫌他吃药玩得时间长，死活不再让他玩。无奈，他到附近一个几乎是公开地住了很多大都是三四十岁的小姐的胡同，与一个已是四十多岁的小姐搞了一次，才算罢休。

哎，这个性欲十足的野驴，除了干活，就是打炮——这样感叹着，我的心中立即涌起了一种沉重的辛酸和无奈。

2009年8月14日　晴

今天上工后，工长通知我和“炮手”，前往我们先前待过的市医院工地帮忙干两天。“炮手”打炮出了名，一下车便有人围上来，拍着他的肩膀说：“啊，‘炮手’又回来了！”虽说是戏谑，但那份热情却是实在的。真是很让人感慨呀！

下午，上工后，我看到“炮手”在给一位上了岁数的推沙子的工人用铁锨装完沙子后，总是帮着那个老工人推一下，使老工人刚好能够稍微轻松地推过眼前的一个小陡坡，突然觉得原来他也有让我欣赏的地方；后来，有个老乡劝他不要再白费力气帮别人了，而憨实的他竟然回敬老乡说“见了老人不帮忙，将来自己老了就要遭报应”，直气得老乡说他听不懂人话。

这个工地在市区，晚上我到街上散步，看着街上的红男绿女，一种被社会抛弃被社会遗忘的感觉，再次涌上了心头，感到眼前的一切，都是虚幻的；这种遥远而又陌生的感觉，油然使我就想起了那个在广州的夜晚，此景彼情，竟然如此相似；回到宿舍，不经意地，我拿起笔，以《我的孤独》为题写起来……

我的孤独

那天晚上，在广州武警医院对面一家企业做苦力的我，被无边无际的孤独折磨得久久难眠，无奈，穿起衣服，信步走到了街上。

没有目的，我只是沿着马路，木然地走着。我没有思想，没有灵魂，如同活动的僵尸，在铺洒着路灯孤寂的清辉里，漫无目的地信步游荡。

我知道，虽然夜有些深了，但毕竟盛夏，而且繁华的都市，马路上一定有着川流不息的车流，马路边一定有着闪烁不停的霓虹，偶尔还有行色匆匆的路人，从我身边擦肩而过，可我，好像什么也感觉不到，就像一粒尘埃或者一缕轻风，融合在夜的怀抱。

我不知走了多久，也不知走了多远，直到蓦然看到一个熟悉的站牌，灵魂才如睡醒的模样，让知觉懵懂地复苏。

我拐向了通往公司的一条夹在工厂和居民楼之间长长的因为路灯的原因而变得时明时暗的巷子。结果，在一截黑暗的巷子，我发现一群浓妆艳抹的小姐，正和寻欢的男人打情骂俏。我便又感觉到了一种更深的孤独——她（他）们因为夜色而起的兴奋，和我因为夜色而起的孤独，将我的孤独带向更深的境地——肉欲和金钱的奴隶，与我毕竟水与火一样不容！

刚刚复苏的灵魂，又死亡了，我觉得一切都是幻影，我在其实不是幻影的幻影里飘游着，刻骨地体验着一种漂泊者深入骨髓的精神上的孤独……

2009 年 8 月 25 日　晴

晚上，没了“炮手”的宿舍，突然清静和寡淡了许多，我看到好几个老乡都翻过来覆过去地睡不着。我知道，这是因为“炮手”搬出去的缘故。到底怎么回事呢？说来有些啰唆了，自从进入工地以来，“炮手”每天晚上都会讲些杂七杂八的东西，给大家解闷。他好像成了一个可以供大家解除劳累的人。只是，因为憨实，又常常引来不满甚至是打骂。这不，几天前的下午，他因为一位老乡说自己干活没有眼色而心生怨气，怄气似地跑到工长那里告状说那位老乡背后不仅老是讲工长的坏话，而且还想娶工长的女儿做老婆呢！搞得工长发了好大的火儿。下工后，那位老乡和“炮手”理论，说他不该把那些玩笑话讲给工长听，结果“炮手”不服又和他吵起来，直致那位老乡忍受不住抬脚跺了“炮手”几脚。“炮手”以为大伙都在欺负他，就搬到一个巴掌大的破工棚里独个儿去住了。据说，当天晚上有条蛇钻到他的宿舍，他却不怕，说自己没做亏心事，蛇不会咬他，因为有神保佑着他这样的笨人呢。

二杆子二亮

2009 年 9 月 19 日　雨

下午上工没有多久，我们正干着活，一个老乡突然叫道：“二亮，咋这么快就回来了？亲相成了吗？”大家抬头望去，发现果真是二亮回来了。二亮家离我家也没有多远。他今年差不多四十多岁了。说起他，也有一些故事。

其实，他是有媳妇的，而且听说媳妇长得还不错呢，蛮俏的一个山里女人。早些年，男人打自己的老婆，在我们那里还是比较常见的，不像现在这样文明。偏偏二亮是个“二杆子”（也就是“二百五”、“愣头青”的意思），而且因为父母死得早，什么事情自己做不了主，总是听嫂子的，而嫂子又是个泼妇。于是，他的媳妇便倒霉了。

听二亮一个庄上的老乡讲，那个时候，二亮打了自己的媳妇，他的嫂子不仅不制止，而且还怂恿着二亮狠狠地打，说什么女人不把她给调教好了，早晚不会死心踏地地跟着男人过日子。“打吧，打跑了咱再找，女人多的是”，这是他嫂子常常挂在嘴边上的一句话。结果，媳妇受不住，撇下他和闺女果真跟着别的男人跑了。二亮呢，却并没有像她嫂子说的那样轻而易举地就又娶到了媳妇，而且一过就是十年。几天前，他嫂子打电话说有人给他家领了一个女人，让他回去看看合适不合适，如果合适了，就把那个女人给娶了。

后来，二亮在工地上告诉我们说，刚刚看到那个女人，着实挺高兴的，因为年轻不说，模样也还挺俊的。可是，慢慢的，他发现那个女人好像神经有问题，总是呆呆地傻坐或呆呆地傻看，一天到晚不出门。特别是晚上，不敢碰，一碰她就尖叫，叫声特别怕人，能让人起鸡皮疙瘩。二亮把自己的看法给嫂子说了，嫂子看看也觉得确实不对劲，就让领她来的那个人把她又给领走了。

“亮，不管咋说，毕竟人家是个女人，你晚上真的没办那事吗？”一个老乡猥琐地问二亮。“没办？饶她呢！”二亮笑了笑，又告诉我们说：“想想自己来来回回耽搁了六七天，少挣工钱不讲，光路费都板（花冤枉钱的意思）了好几百，在那个女的临走的那个晚上，硬是把她给办了。”

那个问他的老乡问二亮感觉爽不爽？只见二亮懊恼地回答：“爽不

爽？别提了，还不如玩小姐呢。整事的时候，她突然擤了我一脸的鼻涕，快把我给恶心死了。”

大伙被他的话逗得狂笑得不行。但是，我却怎么也笑不出来——看看我的这些老乡，有多少二亮这样的二杆子啊！

实心人老赵

2009 年 9 月 24 日　阴转晴

今天工长因为收秋而回家了。临走之时，他安排我的老乡——也就是在这个建筑公司干了 8 年的大工老赵暂时领工。上工后，我们都说，工长走了，这几天我们可要轻松轻松了。

然而，一天干下来，我们个个累得筋疲力尽，比工长在时干得还要多。对此，很多工友不理解，埋怨老赵说，工长又不在，为何要把活儿赶得那么急呢？我看在眼里，明在心里——其实，工长不管安排谁领工，他们都会像老赵一样这样更加负责的。因为，在工地干活儿的，都是实心人，对于领导的信任，他们是绝对不会也绝对不敢辜负的。这不是他们身上可贵的优点么？特别是在这个人心叵测的时代。

2009 年 9 月 26 日　晴

今天上午，代理工长职务的老乡老赵，安排我们一起来的几个老乡卸车。看到十几米长的大货车，拉了满满一车的货物，我们一下就懵了，大家都想：如果车上装的是重货，五六个人要卸到什么时候啊！于是，有人便提出让供货商给大伙儿每人买一包烟（这个要求应该是不过分的，因为我们以前给供货商卸货，人家几乎都会给我们发包烟的）。然而，可能因为老乡老赵是代理工长，只想表现表现，结果没有向供货商要烟。为这个事，大家显得很是不满，干着活儿不仅慢慢腾腾的，而且还不时对身为代理工长的老赵说些难听的话。尤其二亮，一看老赵不在我们身边，就黑丧着脸沉着嗓门狠切切地说："表现个球哩表现！这种人可不能当官，当官了咱们更倒霉。"后来，老赵听到这些话，当即找到项目经理，说啥也不再代理工长了，用他的话讲："自己力没少出，心没少操，钱却没有多拿，为什么要做这不落好的事情呢？"仅仅因为一包烟，不但让我们几个老乡相互闹起了别扭，而且经理对代理工长职务的老乡突然撂挑子也十分恼火儿，整得我们几个里里外外不得好。

我虽然觉得大家不该为一包烟闹成这个样子，可在内心深处又觉得他们好像也没有什么错，毕竟，三元钱一包的廉价烟，在大家的心里都是有着很重的分量的。他们要烟的背后，有谁知道，那是何等的辛酸！

2009年9月27日　晴

今天上午我们正在干活儿时，回家收秋的工长突然返回工地，急急忙忙地点了我的几个老乡，奉命一起到毗邻内蒙古的朔州干活儿去了。晚上，我刚刚吃过晚饭，技术员走进我们的宿舍，对我说起昨天代理工长的老乡老赵，这次错过了一个绝好的发展机会。因为工地眼下非常缺工长，如果我的这个老乡有头脑，就不该主动辞职，而应该继续好好表现表现，因为经理已经有了推荐他当工长的意思。

我想，如果技术员说的是真的，那么我的这位老乡绝对是错过了一次大好的机遇。毕竟，工长一天的收入就是一百多元，对他来说，恐怕是做梦都不敢想的收入（相当于他此时收入的两倍还要多）。只是，我没有为他感到多少可惜和遗憾，因为，我的这位老乡是一个只知埋头苦干而根本不懂发展的实心人。他，注定了一生只能苦干。在工地，像他这样的人其实还有很多，工作环境和“本分”这一天性的原因，我想他们一生都只能像牛那样负重而行吧。

抠门的大柱

2009 年 10 月 5 日　晴

早晨一上工，一位工友便神秘地把我叫到一旁，满脸严肃地问我：“咱们朔州工地出事了，一下死了三个人，你知道不知道？”我本能地一惊，立即想起了几天前刚刚去那里干活儿的五个老乡，一种不祥的预感随之涌上心头。

结果，托人打听，我终于得知那死了的三个人，其中一个果真是我的老乡大柱。这样，想着这位因为生活贫困，因为一直外出从事苦力劳务而生活极其简朴的老乡，平素除了吸几包廉价的香烟，几乎舍不得多花一分钱，我百感交集，一边感叹生命的无常，一边又为他其实不应该那么苛刻约束自己却因生活环境影响而又不自觉地苛刻约束自己的生活习性而唏嘘不已。

我想起了他的家庭想起了他的生活。他曾经告诉我们，说他三十多岁了还没有娶上媳妇，是为了自己的弟弟。他家住在山里，因为生活穷困男人们娶媳妇都比较困难。而他家困难不说，母亲去世得早，父亲年迈体衰，整天离不了药，更是难上加难。后来，看到弟弟的对象，对他家提出条件说“如果不在县城买房，婚事就别谈了”，一咬牙，他就把自己打工积攒的钱全部拿出来让弟弟买房用。结果呢，弟弟的婚是结了，但他因为没了钱婚事至今还没有着落。

记得刚到工地那阵儿，我们轮流花钱打酒，结果轮到他的时候，喝得最猛的他却犯规矩不打了，搞得大伙儿背后纷纷说起他的不是，大家揶揄他道：“看那抠劲儿，简直就不像一个男人！”还有，就是火力四射的他，从来没有出去玩过小姐。起始，都以为他本分，不好意思干那事，后来才知道他是抠门舍不得花钱干那事，虽然干那事花不了多少钱，不过二三十元。

他到底是一个怎么样的人呢？以前看他那个小气样儿，我也曾和大伙一样对他不待见，现在重新审视，不知是不是因为他突然不在而对他起了怜悯之心的缘故，我觉得他的抠门也许并不是他的本性，而是因为生活太难了不得已那样所致。只是，不管怎样，年纪轻轻，他就这样穷苦地走了，真是让人扼腕叹息——一个农民工的人生，在现在这个很多很多的人都在极度追求个人享受的时代，是何等的简单和何等的粗砺！

夜，已经有些深了，为了明日的上工，我不敢这样再想再写下去，虽然就此止笔，但已决意日后以我这个死去的老乡的生活为背景，写一篇关于农民工生命形态的诗歌或者小说（诗歌随口吟出附下）：

天堂里，你别太节俭了

虽然我知道
你的离去其实就像一片随风而逝的树叶
平淡得根本没有诉说的意义
但是，我仍然想为你写几句简单的悼文
你太节俭了
我想而且也必须得写上这么几个字
因为，你的节俭曾经让我唏嘘不已

清楚地记得
人家凑份一起喝廉价的白酒
你因嘴馋却又不舍得掏那几元钱
结果眼巴巴地看着
直至将一口又一口的唾液艰难地吞进肚里
还有，你外出帮人干活儿
人家请你吃饭
你顾不上七尺男儿的尊严
在别人惊叹的目光下狼吞了四份水饺
也许，有人会说
你这不是节俭，而是吝啬
但我，也就是一个非常了解你的农民工
知道你真的是节俭
为家中的贫穷，还有挣钱的不易
几十年，几十年的劳累
你享受了什么
我想，很多很多的人那不以为然的生活
对你而言，可能就是一种满足甚至奢侈
工友，你走了
穿着露趾的布鞋因塌方而穷苦不堪地走了
对你卑微且艰辛的人生
我只想说：天堂里，你可别太节俭了！

2009 年 5 月 15 日　雨

今天因为下雨而休息。想着昨天发生的一件事，感觉十分不解，那件事是——

一位和门卫关系特别好的老工人，拿着从工地捡来的一丁点儿破铜烂铁到外面偷卖，结果，在工地门口被门卫给查现、举报了；那个老工人因此受到了罚款、除名的处理。

真是翻脸不认人，好一条看门狗，这样的人不可交……当时，看着工长怒骂那个可怜兮兮的老工人的情景，很多工人都对门卫流露出了憎恶、不屑的情绪（也难怪，虽说老工人的行为违反了工地纪律，但毕竟不是什么大事，查现后把东西给没收掉就行了，再把他举报给凶相毕露的工长，确实是有些过了）。

后来，想着门卫平日对大伙给予的种种关照，以及他那慈眉善目的样子，我不仅觉得门卫不像那种不近人情的人，他那样做可能是有难言之隐吧。

补录：根据这件事，我创作了篇小说：

门卫老马的因果报应

张二顺是在下午快要收工的时候出事的。

什么事情？

就是他偷拿了工地的几根钢筋头和两个搭架子用的扣件。确切地说，应是也算是偷拿了那些东西。因为，他拿着那些东西，走到工地门口的时候，曾经问过看门的老马："这些东西都是我在工地挖沟时挖出来的，敢不敢拿出去卖了？"

结果，老马没有接话，而是立即将张二顺拿东西的事情，报告给了工地上的领导。

这样，张二顺的行为，自然就被定性成了偷拿。

不过，几根钢筋头、两个扣件，至于出事吗？这个，可是绝对不容置疑的。

一个项目，一座大楼，从施工到竣工，钢管、钢筋、扣件总是要丢很多很多的，但只要不是被人偷拿出去卖了，那都是自然损耗，是不会有人在意的。而一旦发现有人偷拿，从来都是严惩不贷。工地那么大，工人那么多，如果不把这个口子堵住，偷拿成风，那可是管理不严、管理不善的体现，让老板知道了，还不把工地上的领导给炒了？

所以，先是项目经理对着张二顺大声斥责，接着是仓库保管厉声盘问，最后是工长——也就是工地上的工人暗地里叫做“王阎王”的王长虎怒声大骂。

活了多半辈子，张二顺哪里见过这个阵势？不管怎么讲，毕竟是自己把那些东西拿到了大门口，心里已经很虚了，现在被三个人不停地指责、斥骂，一向安分守己、胆小怕事的他，便被吓得语无伦次、双腿发颤，脑子懵懵懂懂的没了自个儿的魂儿。

然而，这还不算太糟糕，更加要命的，是这个时候，老板的侄子——也就是在另一个工地负责管理的王三，突然来到了工地。这下，张二顺也就突然变得更加让人憎恨了，而他让人憎恨的原因，不再是他偷拿了工地上的东西这件事情本身，而是老板的侄子来了——他们要让老板的侄子，眼睁睁地看到自己对公司对老板有多忠心！

于是，你方骂罢我登场，直把张二顺骂得狗血喷头、眼花缭乱，特别是工长“王阎王”，骂着骂着就不由动起了手，只见他袖子一撸，咬牙切齿地拽着张二顺死劲要往办公室拖。

这时，早被吓破了胆的张二顺，双腿一软，当着很多看热闹的工人的面，“咕咚”一声跪了下来，抱着“王阎王”哭着乞求：“饶了俺吧，饶了俺吧！”

他怕挨打，怕面目狰狞、人高马大的“王阎王”把自己拖到办公室，凶狠地打。

他泪流两颊，一颊是胆怯的，一颊是屈辱的。都五十多岁的人了，还给人家下跪，能不屈辱吗？

闹到最后，是老板的侄子一句：“算了吧，马上让他离开工地就是了！”的看似大度实则狠心的指示，把事情给平息了。

张二顺是在晚上离开的，干了两个多月，他本来应得两千多元的工资，结果因为偷拿工地财产，竟被扣去了五百元。

几个钢筋头、两个扣件，换来的是什么样的损失啊！原本打算要好好干一年的张二顺，心痛得直想把自己的两个手给剁了。

真是该死，自己怎么那样不争气，会去私拿那些卖了充其量不过只是能买两包烟的破玩意呢？他用拳头狠狠地砸着自己的脑袋，不停地悔恨地诘问。

正是初夏，夜晚街上的风还很凉，经风一吹，张二顺极度混乱的情绪突然平静了许多，而也就是这个时候，他才想起了门卫老马，想起了这个自己一直以为是忠实、厚道的人。

由于自己是被别人单个介绍到工地的，举目无亲的张二顺，在工地便倍觉孤单、乏味。加上像他这样年纪的五十多岁的人，在工地除了老马只有自己，平日连个可以谈心说话的知心人都没有，感觉日子过得很是没有滋味。

也不记得是从什么时候开始的，他和老马成了无话不说、无话不谈的好友。在陌生的环境，人们总是渴望着感情的慰藉。况且，张二顺和老马都是五十多岁的因为上了年纪因而更加渴望情感慰藉的老同志。

很多个晚上，两人总是在老马那个用木板搭建起来的简陋的门卫室里，你给我掏一支我给你掏一支地相互敬着烟，拉一些家常，说一些见闻，直到很晚方才离别。

张二顺记得，老马总是笑眯眯的，让人觉得厚道极了。而也就是由于这个印象，那天快要下工的时候，当他拿着自己挖沟时挖出来的那些东西，觉得问问老马敢不敢把它卖了，是绝对不会有事的（张二顺以前没有外出在建筑工地打过工，他不知道工地对偷盗是非常重视的）。

谁知，想不到，绝对竟栽了那么大的跟头。

张二顺这样想着，便不由在心里抱怨：不敢卖，你老马给俺递句话不就行了？俺也不是非要把那些东西带出去卖了的，俺只是想是从沟里挖出来的，能卖的话就换两包烟，不能卖就算了。如果不是对你老马信任，俺会直接拿了那些东西去找你吗？你知不知道，其实俺心里也觉着不踏实，只是想到如果能卖就能买两包烟，俺心里不甘心啊！

城市的夜晚，因为霓虹的闪烁，而变得迷离起来。张二顺觉得老马就像那些不断变换着色彩的霓虹，迷离透了——那么一个笑眯眯的上了岁数的人，咋会这样待俺呢？

张二顺想不到也想不通，只是觉得自己这个乡巴佬就像井里的一只蛤蟆，因为见识太少，结果让人耍得丢尽了老脸。

夜，很深了；只有到了深夜，喧闹的工地才会平静下来。此时，有一个人在这平静的夜里，正滋生着不平静的心情。他便是门卫老马。

好多天了，老马一直觉得自己对不住张二顺，虽然自己的目的达到了，自己终于可以继续留在工地看门，可心里却难受极了，那感觉就像是自己偷拿东西当场被人发现当众遭辱一样，他甚至怪怪地觉得，那天的张二顺好像就是自己。

听说工地领导因为嫌其岁数较大而欲将其辞退，家里赶忙给他打来电话，说无论如何也要想办法再干上两年，因为家里唯一的男丁小儿子动手术需要他攒钱。

提起娃子，老马就觉得他命太苦，小小年纪心脏就出现了问题，进行移植不仅需要大笔费用，而且手术能否成功，还很难说呢！

哎，这日子该咋过呢？老马觉得自己就像是没了爹娘的小孩，弱小、无助极了。

辞掉自己的决定，人家已经给他打过招呼了，而没有马上将其辞退，是因为暂时还没有物色到合适的人选。那几天，老马急啊，急得嘴角突然起了燎泡，却依然没有办法。用不用你是人家说了算，自己怎能想干两年就干两年呢？建筑工地的工作，一直都是这样，如果不想叫你干，你就真的不能干，那些《劳动合同法》里规定的什么“不得随意辞退工人”的条条，在这里屁用不顶。

也许是人急了脑子总是特别好使吧。那天，当张二顺问他几根钢筋头和两个扣件敢不敢卖，他一激灵，不由地把张二顺“偷盗财产”的事情报告给了领导。当时，他说是自己发现张二顺偷了东西准备外出卖掉的。其实，那一刻他是非常心虚的，向领导汇报的时候，心“突突突”跳得厉害。他觉得自己不应该那样算计张二顺。

可是，他又想留下来，留下来为儿子积攒手术费用。他在私欲和良心之间，最终选择了私欲。

他在急中生发出来的自己也不知道会不会管用的办法，最终真的帮了他的忙。工地领导因为他不徇私情（两人要好的事,在工地人人皆知）、忠于职责，而继续让其看门，并且许诺再让他干两年。忠于职责，自己真的是忠于职责吗？老马这样问着，两滴浑浊的泪不由从眼角流了出来——平生从未做过亏心事的他，心里难受啊！

深远的夜空，那抹弯弯的月牙，跑着跑着，倏忽便钻进了云雾里面。莫非，它是不忍看这人间矛盾而又辛酸的一幕？

后记：两年之后，一个憔悴不堪的汉子，在医院听到儿子由于心脏移植失败而不幸夭折的噩耗，没有放声恸哭，而是目光散乱、神经质般地自语着：“报应，报应啊！”

这个人就是门卫老马，就是由于把良心看得太重，结果因平生做了一次亏心的事，竟把自己的儿子手术失败、生命夭折的事情，归结为做了亏心事这一因果报应的门卫老马。

2009年8月21日　阴转小雨

因为要下雨的原因，一上工，我的右腿膝盖就突然疼痛起来，年初刚到工地的时候，有一次在地下室清理地面，由于不小心，更由于没有干过建筑活儿，结果竟然掉进用一块小木板遮盖了的电缆井内，摔伤了右腿膝盖。自此，每逢天气转阴或者下雨，右腿膝盖总会疼痛。加上刷漆要在支撑中央空调外机的低低的铁架子里曲身躬腰地钻来钻去，心情就像阴沉的天空，糟糕透了。

下午上班后，我与工地上一位领导的亲戚在一起干活儿，为了活跃一下沉闷的气氛，也为了和他套些近乎，看他一直绷着脸郁郁寡欢的模样，我便主动和他搭起了话，由头便是“玩小姐”这个在工地几乎是共同的闲聊的俗滥不堪的脏事。结果，他一下就来了精神，眉飞色舞地和我侃了起来，不多时我俩的关系就非常融洽了。为此，我既高兴又悲伤—— 我承认自己与人结交的能力；只是，除了“玩小姐”这个脏事，与他们我还能说什么呢？

2009年8月27日　晴

下午我和另外两个小工，一起为两个老师儿工作。因为活儿不是很紧，我们闲着没事，便聊起了天打起了趣，以此打发那因枯燥而显得特别漫长的时光。说着说着，他们两个就不由谈起了玩小姐这档子滥事上来。我因听了无数次这样的脏事而早已厌烦到了极点，欲要制止，看到他们兴致勃勃、眉飞色舞的模样，只好任其畅谈各自的经验，如什么玩小姐不能玩太小的小姐，太小的小姐因为青涩总不能让人尽兴；玩小姐时身上不能装太多的钱，装太多的钱会让小姐强行索走……哎，有些建筑工人，就是这样，尽管身份卑微，可对寻花问柳却是乐此不疲呢——听着他们的闲聊，我的心情异常复杂，他们该让人同情还是该让人鄙视呢？

快下工的时候，我听其中的一位工人说，他的老乡明天就要回家不干了。想到他来了还不到一星期，就要回家，我便问他怎么回事？这位工人告诉我，说他这个老乡本来就不是一个干活的料，这次来是因为在家赌博被派出所给盯上了，为躲事便跑到工地投奔他了。而且，他还告诉我，说他的这位老乡可人才了，在家吃喝嫖赌都出了名。特别是后来娶的那个媳妇，过程十分经典（当时我为他能用这个词还感慨了一番，暗想他讲话还挺潮流的）。那是他原先的那个老婆重病在身的时候，他外出嫖娼，结果凭着三寸不烂之舌，竟把与他鬼混的虽是小姐但长得一朵花似的那个卖淫女给说蒙了，自此胶水似地跟尖嘴猴腮的他好起来。有一次，他（她）们为了寻求刺激，竟然当着原配老婆的面干那事，结果干完那事没多久，他的老婆也不知是病的原因还是给气的原因，说死就死了。对于这个小工说的他的那个老乡，我因和他一起干活看他很是奸猾而早已心生厌恶，现在听他这么讲，不由脱口说道："他缺德也真是缺到家了！"

让我心生感慨的，是我说了上面的那句话，不料想这个小工竟立即和我争执起来，说像我和他这样老实的人，只配在工地出死力，现在越是不讲良心越是胡作非为越是吃香。为了证明他的这个观点的正确性，他还以上述那个他的老乡为例，说他现在的日子可滋润了，那个小姐跟了他，不仅没要一分钱的彩礼，还天天用卖身的钱供着他吃喝嫖赌呢！

一席话，噎得我半天喘不过气来——什么狗屁观点！但，现实中很多事好像也确实是那样的。

2009年9月2日　晴

今天上工后，心情非常不好。为什么呢？因为昨天晚上我和同在一个宿舍的老张吵了一架。情况是这样的：吃过晚饭，我们就睡了——平时，大家都是这样的，由于干了一天活儿，累得浑身酸痛，吃过晚饭早早就睡了——将近10点，老张和另一个老同志逛完街回到宿舍，他把灯泡打开，好长时间没有熄灯。我睡觉最怕灯光了，一见灯光怎么也睡不着。于是，我起身就把灯给熄了（我以为是老张忘了熄灯）。谁知，老张竟对我大声嚷了起来，说他正在缝裤子，我不应该把灯给熄了。其实，就这一点小事，原本没有什么的，但我这个人性子急，见老张出言不逊，就说公共场所大家应该自觉，缝裤子为什么不早一点，偏偏要在人家睡了以后缝呢？结果，我没有料到，自己竟然捅了个马蜂窝，老张立马就跟我吵了起来，而且仗着年长，话说得非常刺耳、难听。虽然我知道，建筑队上的人多是一些没有文化素质甚至是半憨半傻的人，没有必要和老张计较这件小事，但我还是彻夜难眠，为老张那与作为一个长辈的不该相符的脏言恶语。

下午，和我一起推灰干活儿的，是一个叫老李的工人。看他岁数亦不小了，我便拉家常似地漫不经心地问他，家有几口人有几亩地？他说家里现在只有他一个人了（老伴去世，两个女儿均已出嫁），地嘛足足有三四亩呢，又接着问他“在家种地不行吗”？这时，他告诉我说，行不行我掰着手指头给你算算你就知道了。他说，一亩地如果收成好，能打一千斤麦子，一斤麦子能卖一元钱，一千斤也就是一千元钱。成本每亩地需要二百五十元钱。这样算下来，四亩地也就是三千多元钱的收入。然而收成好的光景，是很少有的。一般情况下，每亩地只能打七八百斤麦子，四亩地充其量就是两千多元钱的收入。扒拉半年，才弄两千多元钱，你说不出来打工能行吗？不过，顿了顿，他又告诉我，说现在不仅好歹不收农业税了，而且国家对种地还有补贴，跟以前比，显然好多了。把地种了，再出来打阵工，虽说苦一些，总的来讲日子还是能过的。

一看，就知道是个知足的人；只是，我是想问老李不出来打工就在家种地行不行，看来，地少了肯定是不行的，想到土地越来越少人口越来越多的实情，我便可笑地认为：怪不得叫我们农民工呢，看来，只要你是农民，可能都得出来打工吧。

2009 年 9 月 18 日　阴

上午我和五十多岁的老刘在一起填土，干活儿时，他不时蹲在地上休息，我知道老刘干活儿一向是很实在的，此时这么反常，肯定是由于几天前感冒未愈的原因。

看着他有些铁青的脸，和痛苦的表情，我的心里就又涌起了难言的酸楚——在工地，像老刘这样得病坚持上工的事，可以说已是司空见惯。为了那几十元钱，有多少人不是在无奈地透支着自己的身体？我的这些可怜的工友啊！

晚上发放收秋款（供工人回家收秋使用），工友们个个喜笑颜开、兴奋异常。那份心情，好像那一千元的收秋款就是白捡来的一笔意外之财。我知道，这种感觉，是缘于这一千元钱来得太不容易了！

农民工的工资

我不知道
用什么词汇
才能形容它的不易
我只知道，它的所获
远远大于付出
心血和着不公甚至剥夺的付出
只是，让我更加心痛的
是很多人
依然在用冷漠和鄙视的眼神
看待那微薄的收入

2009年9月22日　晴

昨天市医院为新楼建成而举行晚会，听说几个老乡前去观看了，知道他们只是站在舞台下面的最外层，踮着脚费力地观看，心中便也有了一点感慨：大楼是他们和许许多多的工人用血汗建起的，可是那时有谁会想到他们呢？为此，我又冥思苦想，写了一首拙诗：

我的父兄

——献给农民工

其实
他们就在城市并建设着城市
但城市似乎把他们遗忘了
他们被围墙
不，被长长的时间和无休的劳累
还有冷漠和不屑的眼神
界限分明地隔离
有一天，他们走了
人们仰视雄伟的建筑
赞叹或惊叹的目光
依然没有他们的影子
遗憾，或者什么
我说啊，没什么
因为他们不需要那些词汇，他们会说
俺给家里挣了钱，又没白干，说啥呢？
我憨实的父兄啊！

第三章　宿舍

我问他为什么不在大宿舍——也就是可容纳百余人的地下室睡觉？他说，地下室两边通风不说（没有隔墙），而且还潮湿得厉害，如果早晨起床能发现被子像雨浇了一样水淋淋的，这样住下去，他真担心自己的老毛病——风湿腿会复发了。

2009年8月29日 雨

上工哨吹响后，因为下雨，我们暂时没有上工。静静地坐在平时因为十分嘈杂和无暇闲坐的宿舍里，我第一次深刻地感受到了宿舍的景况——臭，首先是臭，刺鼻的脚臭和鞋臭，散发着浓重的简直要让我呕吐的臭味；其次是脏，地面上到处是烟头和纸片，因为紧张的劳动而无暇顾及扫地的我，拿着扫把欲要扫地，可看到荡起的灰尘，只得放下扫把先去洒水；还有，还有呢，接连不断的令人更加作呕的屁声，好像赶着比赛似的，一声比一声响，一阵比一阵急；零乱的物品，横七竖八的工具，油污的饭桌，陪伴着挤了满满一屋子的衣衫脏乱不整的男人，这，就是我已经住了半年却从没在意的宿舍！

2009年9月1日 晴

今天上午上工后，两个眼皮儿涩得不行，一得空就想合起来打盹儿。我知道，这是昨晚因为蚊子不停叮咬而没有睡好的原因。立秋已经一个月了，晚上天也很凉了，可是我们宿舍的蚊子还是多得不得了，一熄灯，嗡嗡的声音在耳边响个不停，拍死一个又来了一个，脸拍得生疼了，蚊子还是前仆后继地叮咬。

怎么会有那么多的蚊子呢？我觉得是我们宿舍前面的尿的骚味把它们给引来了。几十个工人就那么个素质，晚上有时甚至是白天都在宿舍前面的那个角落里解手。肯定是很长时间了，要不，那远远就能嗅到的骚味怎么会那样浓烈呢？哎，就权当是对我们不讲卫生的惩罚吧。

晚上，我在外面买了东西回到宿舍，看到老乡正和一名上了些岁数的工人吵架，上前询问到底怎么回事？结果，得知老乡一个人光着身子在宿舍里擦澡，不曾想那个老工人的女儿（老工人家住附近县城，其女儿在市区务工，我们的工地就在市区）前来看望老工人，一推门看到了光溜溜的老乡正面对着自己，心里感觉不爽，走的时候就把丑事告诉了老爹。

摊上这样的事儿，老工人自然也感觉不爽了，为了发泄不满，就没有好气地抱怨老乡说不应该那样光着身子在宿舍里擦澡。要不说什么事儿都是往那挤呢！老工人不知道我的这个老乡是个二愣子，况且他讲话也可能太冲了，或者是二愣子老乡有什么窝心事正在心里憋着呢，总之，对于老工人的抱怨我的这个老乡不仅没有接受，还恶狠狠地回敬："你女儿看见怎么了？我又没有动她，再说她看见了还不好吗，等于我让她免费看了裸体艳舞。"听到这样的话，老工人哪能消受，就与二愣子干了起来。

我便把老乡拉到一边，劝他以后别光着身子在宿舍里擦澡了，说集体环境那样不好。这时，我没有料到，老乡竟委屈了起来，告诉我说自己以前一直都是打了水在楼里擦的，今天之所以在宿舍，是因为自己感冒了。我的心突然就酸了起来——是啊，工地不仅没有澡堂，而且连擦澡的地儿也没有。平日，大伙脏腻得受不住了，晚上下工后就从厨房热水器里接半桶热水，然后兑上凉水，打着手电小心翼翼地摸到主体竣工的大楼里面，找一个远离人影的房间擦洗身子。有一次，一位新来的也就是二十来岁的小工友，干了一天活儿就提着水桶去楼里擦澡，结果不小心摔了跤，工长知道后，说道："活该，在工地还讲究个啥呢！"说得这位小工友当即就含泪而去了。

2009 年 10 月 6 日 晴

中午吃过午饭，一位 50 多岁的老工人，跑到我们的宿舍——也就是水泥库房，想找个地方支床睡觉，结果看到库房里满是水泥已经无法再放床铺，只好悻悻作罢。

我问他为什么不在大宿舍——也就是可容纳百余人的地下室睡觉？他说，地下室两边通风不说（没有隔墙），而且还潮湿得厉害，如果半夜起床能发现被子像雨浇了一样水淋淋的，这样住下去，他真担心自己的老毛病——也就是风湿腿会复发了。

望着满脸愁容的他，已经去过地下室的我，一边也真害怕他的腿病会发作了，一边又为当初工长为照顾“炮手”（那时地下室还支了不少钢管，工长担心有些憨呆的“炮手”走路没有眼色会把自己给碰伤了，便让刚来的我和他一起住到水泥库）而让我们住到水泥库时，我嫌脏而不愿住的情景，此时还真是感到庆幸。这里虽然每天都落了厚厚的一层水泥，但终究还是比刚刚填了潮湿的黄土而因此湿气浓重的地下室好啊！

下午，上工后，我和“炮手”还有几位工人到外包队——也就是四川施工队住宿的旁边干活儿。看到房门敞开的宿舍里面，两张并到一起的床铺都用床单或彩色的塑料布给严严实实遮了起来，一位工人嬉笑着对“炮手”说：“‘炮手’，这些两口子那样住在一起，不别扭吗？”

“别扭啥呢别扭？晚上睡觉各整各的事儿，有啥别扭的？”“炮手”首先脱口而出的一句话，让大家隐晦地大笑起来；“笑啥呢？我说的不对吗？告诉你们吧，就这都比你们强，人家好赖还能天天搂着老婆睡，你们呢？眼巴巴看着老婆在家守活寡，还笑话人家啥呢。”“炮手”随之撂出的一串话，让大家突然没了笑容……

2009年10月10日 阴转小雨

夜里，我睡觉的时候，隐约觉得床头有什么动静，迷迷糊糊用手在枕边抓挠一下，结果，顿时吓得魂不附体——没有想到竟是瘆人的肉乎乎的手感；睁开眼睛一瞧，果真是一只大大的从我脸上“蹭蹭蹭”逃窜了的老鼠。

也真是奇怪了，以前宿舍里根本没有老鼠，可自从“炮手”托休假的老乡从老家带来一瓶小磨油放在宿舍之后（他嫌工地的饭菜无味，要用老家的正宗小磨油调味呢），不仅有了老鼠，而且还招来了黄鼠狼；也不知黄鼠狼和老鼠什么关系，常见黄鼠狼追逐老鼠，追得老鼠“吱吱吱”狂叫，不知是兴奋还是哀嚎的声音，听了绝对让人头皮发麻。

我很累，但再无睡意，又看到几只老鼠尖叫着从我头上的铁床的横杆跑过，心惊胆战之后，先是想到了《小老鼠偷油喝》这首儿歌，接着气得恨不得马上把“炮手”的小磨油给摔了。

2009年11月1日 晴（大风）

今天风刮得特别大，温暖的天气骤然冷了起来，据说北京还下起了大雪，而这第一场雪的时间，较之往年整整提前了一个月。寒冬已然来临，施工条件明显更加艰苦。好歹我和几个工人被派往地下室填土，还没有感觉到什么，而两个被派往楼顶工作的老乡，下午下班后，一致抱怨说，如果明天还让他们去楼顶，那么他们就要请假，因为在那上面大风吹得连眼都睁不开，根本就无法工作。我感触较深的，是我们居住的水泥库房，四周只用钢管和竹胶板简单地捆绑了一下，到处是窟窿和缝隙，风一吹一点寒气都不挡。这不，我在写这篇日记的时候，脑袋瓜子已被大风吹得生疼，在被窝里躺了那么久，还是感觉没有一点热乎劲。这漫漫长夜，我真不知该怎样熬呢？

2009年11月11日　大雪

早晨，我在朦胧的睡意中，突然觉得额头凉冰冰的，用手一摸，竟抓了一撮儿的白雪——怪不得夜里这么冷呢，一晚上脚都是凉的，原来下大雪了。我坐起来，看着四面透风并且因此雪花直往床头飘落的简易的库房，真不知自己和三个老乡将要遭受怎样的寒冷！

白天起床后，看着白雪覆盖的工地，我想刻意地感受一下诗意，可望着衣衫肮脏而且因为下雪不能上工而满脸愁容的工人，无来由地就感觉到了一种沉重，怎么也捕捉不到那种细腻、轻盈的情感，加上刺骨的寒冷，只好黯然地钻进了被窝。

我的宿舍

在这寒冷的冬季
我不得不写一写我的宿舍
它原本是一个用来堆放水泥的库房
只用薄薄的木板草草钉了起来
夏天热得烫身子
还有厚厚的怎么也擦不净的尘埃
但凑合着还可休息
可眼下，也就是2009年初冬这个提前下雪的眼下
它怎么也无法让我凑合了
夜里我蒙了头蜷得像结了茧的蚕或躬了腰的虾
可一醒来身子便不停地抖

特别那双脚，虽然穿了两双棉袜

仍是冰冷而又冰冷

于是

我的脑子不停地念叨着“暖和”这么两个字

我被寒冷吓怕了，神经质地吓怕了

不过，我知道像我这样的人也许还有很多很多

这样描述

只是希望很多很多富了的还有衣食无忧的却仍不满足的人

不要忘了这个世上还有很多很多远远不如他们的人

第四章 伙食

可在工地，市场上什么菜大量上市最便宜，这段时间内便只吃这种菜，这个时期以来，我们早、中、晚一天吃的都是茄子，我对吃饭还不挑剔，可吃着吃着就怕了……

我捞了半碗面条，待到吃完重捞时，却发现满满一大盆子的菜连汤水也没了，不得已，只好舀了一碗面汤用来充饥。

2009年8月8日 阴

今天中午，按规定改善伙食，说是改善，也就是吃鸡蛋。这样的改善，对许许多多的人来说，也不过是稀松平常的伙食，可在工地，市场上什么菜大量上市最便宜，这段时间内便仅吃这种菜，这个时期以来，我们早、中、晚一天吃的都是茄子，我对吃饭还不挑剔，可吃着吃着就怕了，以至于一天中午打了饭菜实在咽不下去，就在附近饭店买了几个青辣椒，用盐腌了凑合着吃了两个馒头，想不到下午上工闹起了肚子，受了大半天的罪。

所以，虽说是许多人早已不以为然的鸡蛋，虽说鸡蛋并不多，一大盆冬瓜掺了看上去丝毫不显，可我和工友们都吃得兴高采烈。

上工后，工长因为有事不能现场监工，加上活儿也不算急，我们干干停停，难得地轻松。吃了冬瓜掺鸡蛋，又干了一下午较为轻松的活儿，真算是美好的一天了！

2009年8月16日 小雨

今天上午，跟着电工帮助甲方改换线路，忙活半天，想不到人家会请我们到饭店吃饭。招呼我们的是甲方的两个电工，他们虽然在单位也不过是一个小小的角色，但在我们面前，此时明显摆出了一种高高在上的姿态，那眼神那言语，也俨然一副大领导的架势呢！哎，看来人大都是有虚荣心的，只要遇到合适的机会，我想，就连乞丐说不定也会自我炫耀一番吧。

不过，满满的一桌菜，真是让我们大饱了口福，不怕别人笑话，我是吃得肚子胀得好痛好痛（我想，这绝对应该是我在建筑工地吃得最好的一顿饭了）。

2009 年 8 月 25 日　晴

中午吃饭时，因为天气炎热，四处都是白花花的太阳，我和一些工人只好到马路边的树荫下吃饭。后来，一位戴着眼镜、衣着时尚的女人，从我们身边路过时，竟然站在那里看了起来。这时，埋头扒饭的我，看到她盯着我们的饭碗，分明流露着一种异样的神情——我们手里抓的是馒头，碗里盛的是已经吃了不知多少顿的与其说是炒茄子还不如说是清水煮茄子，她是惊讶、同情，还是什么呢？只是，我突然没了往日的因为劳累而吃饭时大口吞咽的兴致，因为，从她异样的眼神里面，我深刻地感觉到了一位建筑工人的辛酸和卑微。这种感觉，比起工地上的辛酸和劳累，让我更加难受。

2009 年 10 月 9 日　阴

晚上吃饭时，我猛然发现，自己以往在电视或是电影里看到的难民抢饭的情景，好像就在自己的身边鲜活地上演了——由于人多，更由于都是一群出苦力的根本不在乎什么面子和素质的农民建筑工，虽然工长一再吆喝“慢慢来，不要挤”，可五六十人还是你推着我我推着你把厨房挤了个严严实实；捞面条时，不时听到“哎哟，哎哟”地由于把手伸进锅里而被滚水烫着了的叫喊声。还有，本来是用作开水的热水，因为有人要洗脸洗脚，顷刻之间便被打了个精光。我捞了半碗面条，待到吃完重捞时，却发现满满一大盆子的菜连汤水也没了，不得已，只好舀了一碗面汤用来充饥。

第五章　节俭

我还是第一次听说得了病可以挺一挺就能治好的；我觉得自己对自己已经够苛刻了，听了老张的话，才知道还有不少人对自己比我还要苛刻呢！

五元加至六元，仅仅多了一元，就心疼了——我想，这件事也许可以这样看待：不能完全说他们太抠门了，其实它恰好形象地说明了建筑工人的不易，因为是血汗钱，那一元钱便在他们的心里占了很大的分量！

2009年6月3日　晴

下午5点多钟，我正在工地门口干活儿，一个老乡对我说："铁见，走，到外面买点儿猪头肉改善改善！"

抬头望去，我发现大门口的马路边儿上，果真站着那位推着三轮车卖熟食的五十多岁的老汉——他总是隔三差五地到工地门口叫卖，我们早就认识他了。

看到几个老乡都买了老汉的熟食，我怕他们说我"小气，抠门"，就也随了他们的心意买了一斤价格为四元的凉拌猪肺。

吃晚饭的时候，我和几个老乡提了凉拌猪肺，和河南林县的几个工人一起坐在燃气管道上面；没有想到，一个老乡又和他们斗起了嘴（平时，老乡和他们在工地时常相互取笑相互戏谑）。老乡说他们就知道干活儿，啥也不舍得买啥也不舍得吃。人家回敬说，这些熟食吃不得，都是死猪给加工的。

说者无心，听者有意，听到"死猪给加工的"这句话，我先是觉得那些凉拌猪肺突然有着浓重的腥臭的气息，接着胃里就翻江倒海般地难受起来，片刻，恶心得就想呕吐……结果，虽然知道是花了四元钱买来的，但我真的是一口也吃不下了。只是，刚想把它扔掉，看见"炮手"，便问他吃不吃（下午干活的时候，他因没和我们在一起而没有买）？没有想到，"炮手"手舞足蹈地接了过去，还狮吼似地说了一句："什么死猪不死猪的，吃的人多了，怕啥呢？"

真是邪了，哪壶不开提哪壶，晚上，我把脚上穿的脏臭脏臭的鞋子刷了，刚刚换上几天前在外边地摊上买的价格为十元一双的旧皮鞋，没料到碰到吃晚饭时和我的老乡斗嘴的那个林县的工人，见我穿着虽然已旧但被擦得锃亮锃亮的皮鞋，说我真破啊（舍得花钱的意思），在工地干活还穿着那么好的鞋子？我口无遮拦，便告诉他说是在外边的地摊上买的，价格才十元钱。这时，他竟然又用那种不知是真心开玩笑还是存心戏谑人的口气对我说，地摊上卖的那些旧衣服旧鞋子，都是死人留下的，穿了一身霉气！

我这个人心事重，经他一说，又不由恶心了起来，而且，实在忍受不住那个"霉气"，一气之下，干脆把它脱掉心痛却又无奈地扔到了宿舍后面那个封闭的夹道里面。

今天到底得罪了哪路神仙,这么不顺心？躺在床上,想着"猪肺"、"皮鞋"这两档子事，我不仅窝火，更是无奈——仔细想想，谁让自己去买这些可能是死猪的肺、死人的皮鞋呢？说到底，还不是自己穷而想省俩钱吗？

2009年8月10日 晴

上午上工后，大家兴奋地讨论着刚刚发放的二百元零用钱应该怎么花？说来说去，最多的话题还是凑钱出去吃一碗刀削面，喝两瓶啤酒，好好改善一下。要说，这个标准根本不高，甚至可以说就谈不上是什么标准，然而议论来议论去，落到实处，很多人却吞吞吐吐，不愿明确表态——我知道，那是他们不舍得花钱，虽然仅仅只是十元八元的！这些出力挣钱的汉子，对自己苛刻到了什么程度！

下午，看到有人又在议论，一位稍微有些年轻的姓李的工友，对议论得最为带劲的姓库的老工人说："吃碗刀削面喝瓶啤酒，能花几个钱？上午说，下午还说，我看你也别改善了，把那些钱留着孝敬你婆娘吧。"

姓库的老工人知道是在嘲笑自己，本能地反驳："不是上午说下午还说的事儿，是咱们没钱，不算计不行啊！将来养老治病花大钱的地方多着呢？小钱还不舍得花呢，敢花大钱吗？"姓李的接茬："那将来老了得病了怎么办？"姓库的又接腔："怎么办？俩眼闭着等死吧，像你这样节省的人治好了又有啥意思，我看活着是遭罪还不如死了呢！""你，你这人讲话咋这样？""不对吗，让大伙发发言表表态看我说的对不对？"

看着哄笑的一众工人，和老库那被憋气得紫红紫红的脸膛，我却怎么也笑不出来，虽然这不过是一个恶意的玩笑罢了。

2009年8月20日 晴

在这个工地已经待了7天（我们又换了一个新的工地），整天弄得一身臭汗，因为下了班吃过饭已近9点，加上劳累，一直没有痛痛快快洗过澡。

今天晚上，我决定好好洗一洗，可发现没有香皂，想买一块，却又舍不得，因为我刚刚买了的香皂放在那个工地。左右为难之时，想起白天打饭时伙房放了一小块薄薄的几乎已经是无法使用的香皂块儿，趁没人注意急忙跑到伙房把那块香皂拿出来，凑合着冲了一次澡。

自从来到建筑队，花钱有些大手大脚的我，和许多工人一样，日渐变得节省、吝啬起来，舍不得多花一点血汗钱。我知道，那是苦累的结果！

冲完澡，浑身舒畅的我，想起了白天一个男的和一个女的在工地相互礼让一根鸡爪的情景，结果久久不能释怀，于是，作小诗以求排遣：

一根鸡爪

炎热的中午
我看到一根包装着的鸡爪
在一个席地而坐的小伙子
和一个几乎看不出是女性的女工之间
传啊传
有了，深深的触动
姐弟情或者什么？
我想，不是的
这些，引不起震撼
什么呢？
辛酸，
生活的辛酸！

2009年9月4日　晴

今天患了感冒，上工后浑身乏力，结果没有想到又给派了重活儿，当时很想请假休息，但为了五十元的工资，还是咬牙坚持了下来。吃过晚饭，我几乎累得迈不动脚步，甚至不想多说一句话。想到明天，还有明天的明天，我又不得不外出买药。

走到街上，看到水果摊上红润得诱人的苹果，多半年来没有吃过任何水果此刻因为生病而特别想吃水果的我，狠了狠心，打算买个苹果解解馋。谁知，一问价格，一下就把我给镇住了，人家一斤竟要三元钱（我在老家买苹果都是一元一斤）。最后，我因不愿多花钱而赶忙离开了水果摊。

在一家大药店，听完我的病情，笑容可掬、眉清目秀的小女孩，热情地为我拿了两盒药，我前往收银台付钱时，人家开口说二十八元，又把我给镇住了，治个感冒怎么需要那么多钱呢？于是，我急忙回转身，把这两盒对我来说已是天价的药给退了，请求小女孩给我拿些便宜的药物。最后，我还是为此感到心疼——因为我想最多花个三元、五元可能就行了，换的药对我来说仍是昂贵的药，整整花了十元钱。

回到宿舍，我听到工友老张在给家里打电话，家人问他感冒好了吗（这一阵，可能是流行性感冒高发期，工地上好多人感冒了），他说还没有。家人又问，说那么长时间了怎么还没好（老张的确是感冒好几天了）？老张说，他没有买药，好的肯定要慢。这时，家里的人好像有些火了，质问老张怎么不去买药，是没钱吗？老张回答，不是的，得个小感冒，没必要花钱买药，城里的药挺贵的，自己挺挺就好了（挺，是老家方言，也就是耗或者是熬的意思），有几个老工人得了感冒没有买药都挺好了。

我还是第一次听说得了病可以挺好的；我觉得自己对自己已经够苛刻了，听了老张的话，才知道还有不少人对自己比我还要苛刻呢！想到老张给我讲的以前他那苦难的经历，我为其写诗如下：

力工老张

我们工地的老张
已近六十了
这样的年龄，还在干苦力
他曾从架子上，掉下来

高高的架子上，掉下来
一下歇了好几年
现在，他还干
不要命地干
你说苦不苦？

2009年10月8日　阴

上午我和两个工友跟车前往物资基地搬装重型建筑设备。在那里，当我看到鲜红鲜红的朝天椒，立即动了偷摘之心。结果，临近中午，趁无人之际，我真的偷偷摘了满满一裤袋。晚上，拿到伙房美滋滋地用盐腌了起来。

不就是一把辣椒吗？用钱衡量，充其量也就是几毛钱，至于那样偷了又乐吗？其实，我知道，这并不是辣椒值多少钱的问题，而是自己踏入建筑工地之后，深深体会到了赚钱的不易，并且因此形成了一种喜欢贪占小小便宜的心理。我不知道这是不是一种陋习，只是知道很多工人都有这种心理。因此，想起以前自己曾经对他们那憎恶和不屑的眼神，相信以后就会多一份同情和理解了。

2009年10月25日　晴

因为脚还是痛，心情十分不好，所以我什么也不想写，只想躺到床上好好歇一歇。不过，下午几个工人商讨的一件事，我觉得倒是挺有意思的，便把它记了下来。

这件事是五个在一个村子里住着的工人，为打牙祭而商量着怎么兑钱怎么消费。起始，他们一致说是每人出五元钱，然后买二斤猪皮（每斤八元），买一壶五元钱的散装酒，再买一份四元钱一斤的凉菜。这时，在另外几个工人刻意地玩笑似的取笑下，他们认为五元钱一壶的酒太不上档次，说怎么着也得买一瓶差不多的瓶装酒。于是，掐着指头算过来算过去，说每人出六元钱，恰好可以将五元钱的散装酒换成十元钱的瓶装酒。眼看意见已经统一了，可这时一位已近六十的人却说“不行，我最多只能出五元，要是六元，我就不参加改善了”。结果，另外两个人也这么说了一句。看到这样的情形，刻意取笑他们的那几个工人，顿时笑了起来，说他们太抠门怎么怎么着，直把他们中间的建议每人出六元钱的两个人给笑恼了，竟然开口大骂自己的三个老乡真是把老脸给丢尽了，真不知那样活着还有什么意思！

五元加至六元，仅仅多了一元，就心疼了——我想，这件事也许可以这样看待：不能完全说他们太抠门了，其实它恰好形象地说明了建筑工人的不易，因为是血汗钱，那一元钱便在他们的心里占了很大的分量！

2009 年 11 月 2 日　晴

吃过晚饭，突然感觉嘴馋得厉害，很想托外出买东西的老乡帮我带捎一斤猪头肉。可是犹豫了许久，却舍不得那十几元钱，可能是许久没有吃肉而生理确实需要的原因吧，我又控制不住吃肉的欲望，最后，没有办法，只好狠一狠心，掏出五元钱让老乡帮我带捎两根鸡爪。哎，“民以食为天”，别太难为自己了，即使这样，我还是在心里这样自我安慰地说了一句。

2009 年 11 月 8 日　晴

好长时间了，脚还是痛，无奈，下午只得请假去附近村里的一家小诊所问诊、治疗。走出工地大门，看着初冬因为没了庄稼和树叶而突然辽阔的田野，看着成群的麻雀在田埂上面的干草丛里蹦来蹦去，我的心情一如头顶暖暖的太阳，明媚极了！此时，我无来由地奇怪地感想：这种感觉，也许就像囚犯服刑期满，从监狱里出来获得自由那样美妙吧！是的，整日在工地面对冷硬的水泥和钢筋，关于生活的感觉的确是有些无望和麻木了。

只是，到诊所一看，那位在自己家里为人治病的医生，竟给我开了三十六元的药。三十六元，几乎就是我一天的工资了，虽然不算多，但对我而言也绝非是一个小数字，与我想象的十元、八元这个数字相比，也太多了。哎，多就多吧，只要能尽快把脚治好，继续留在工地能多干几个工也是合算的。因为，听说工地活儿已经没有那么多，近几天可能要裁一些人呢。

2009 年 11 月 15 日　阴

“炮手”今天没有上工，后来我才知道，原来是他昨天进城玩了小姐又去买衣服时，结果，竟把两张卷着的一百元钱当做一张一百元钱递给了人家。后来，发现了找人家理论，人家却不承认。这样，心里有气，以致连工都不想上了——我主要想说的，是平时向来嘴上说满不在乎钱的“炮手”，原来却是非常在乎的。对此，我的理解是：由于这些钱来得太不容易了，所以“炮手”花了也许真的不在乎，但若丢了心里是绝对难受的。

第六章　劳累

哎，因为一天要干十多个小时的活儿，一些工人特别是工长家乡的那些工人，就和厕所热乎上了，不管是否内急，都要到厕所蹲一会儿。厕所，竟成了他们的安乐之所。

哎，在工地就是这样，干活的时候也不知是身体麻木了还是怎么回事，很多时候并不觉得特别累，只有到了不干活休息的时候，难言的酸痛才会潮水一样一波一波地漫上来……

2009年2月18日 阴

今天，工长安排我和邻居柯叔清扫楼内垃圾。忍着呛鼻的灰尘干了两个多小时，见他招呼我歇会儿吸根烟，便扔了扫帚，一屁股蹲到了楼梯口的台阶上。

这时,柯叔竟十分严肃地给我讲:“铁见,千万不敢坐。要让工长见了,非训你不可！”

咋回事？我一时不太明白，便向柯叔讨教其中缘由。结果，他告诉我，说在建筑队干活儿，没有休息时间。特别是坐着歇息，工地领导最反感了，一旦看到，当事者就会被训斥。

停了一会儿，他又问我：“你知道咱家的王安吗？”“家门口的，咋不知道？”我回答。他又问：“那你说他干活儿行吗？”“咋不行？”想到四五十岁的王安，在村里是有名的以力气糊口的壮汉，我不假思索地回应。

那我给你说实底话吧，就是咱家的王安，去年在这个工地干活儿，结果，不守工地规矩，老是坐着歇息，最后，活儿没少干气没少受，硬是让工长给骂走了。

原来这样！“只是，一天十几个小时，总不能不停地干吧？”听我反问，柯叔笑着接腔：“那肯定是不行的。不过，想歇息得站着歇，因为站着歇人家知道你起码不会打瞌睡。”

站着歇？一天十几个小时，什么也不干，就那么站着，对于一般的人来讲，我看也够受了！那一刻，我不由这样嘀咕。

2009年5月1日 晴

今天是国际劳动节，工地因此放了一天假。早晨起床后，我向宿舍里的工友和老乡提议：到外边转转。结果，大伙儿都说太累了不想动，谁都不愿去。哎，在工地就是这样，干活的时候也不知是身体麻木了还是怎么回事，很多时候并不觉得特别累，只有到了不干活休息的时候，难言的酸痛才会潮水一样一波一波地漫上来，那滋味难受极了，说痛不是很痛，说不痛却不舒服，就像千万条虫子在身子骨里爬，隐隐绰绰、丝丝缕缕的，搞得你浑身不自在。

后来，拗不过我的请求，"炮手"还有几个老乡终于答应跟我一块出去玩。我们来到工地东边据说是已经有了一些年代的古塔游览。转了没有多大时候，几个老乡就不想转了，他们说中午工地可能改善伙食，肯定会有肉吃，看他们一个一个真的疲惫不堪的样子，我的心情已经打了折扣，此时又听他们惦记着回去吃其实也没有多少的肉，兴致在刹那间也就一扫而光了，只得和他们一起悻悻而返。

路上，我一直有着怅然若失的感觉，我觉得这个五一劳动节根本就不属于我们，虽然我们从事着可能是最脏最累的活儿，虽然工地已给我们放了一天的假（当天没有工钱）。

2009年5月2日 晴

中午打饭的时候，我看到工友们围着饭堂门口的那块用来书写通知和公布工分的小黑板看起来，便知道我们4月的工日又出来了。

这可是大事啊！平日出力流汗，还不都是为了它；年底发钱，可都是以它为准儿的。工地讲工地的效益，我们呢，肯定也要讲自己的效益了，而工日就是实实在在的我们的效益。

我探头观看，一会儿就找到了自己的名字，结果发现标着二十八工，心里突然一紧，就像丢了什么贵重的物品，一下惊慌起来——整个4月一共三十天，我休息了一天半，应是二十八点五个工才对，怎么就少了零点五个工呢（一天一个工，半天即零点五个工。有时，工地安排我们加零工，工长根据情况或是私人关系记工，零点一工、零点二工的等等都有。要是根据私人关系，往往都有关照的倾向。而把工分计算为工钱，是这样的：如果一天定五十元工钱，那么零点一个工就是五元钱；而敢如此快地肯定，是因为工地的钱挣着太难，我们都记着自己的工日的，早就防着人家给少记了呢。其实当月上多少工，心里真的早就明镜似的）？

于是，我顾不上吃饭，急忙跑到工地外面的小卖铺，买了一盒价格为五元的红河烟（我是很少吸烟的），十分不安地走进工长办公室，先是满脸赔笑掏了烟，接着小心告知我的工日给少记了（我真害怕他听说他把我的工少记了会露出不高兴的面色）。还好，工长拿出记工本一核对，不仅果真发现少给我记了半个工，而且当即就给纠正了。

我长长嘘出一口气，心里面就好像完成了一项什么重大的任务，说不出有多惬意和轻松了——半个工的效益，二十五元钱的效益，在我们眼里和心里，有多重啊！

2009年6月10日　晴

今天上午，我们的工作任务是扒墙。具体点儿，就是把毗邻马路的一道长长的围墙给扒了。来到干活儿的地点，大伙儿从一个残缺的豁口处小心翼翼地爬上几米高的墙顶，然后抡起八磅大锤，开始一砖一砖地砸拆。“炮手”胆小人笨，站在高墙上头，立都立不稳，别说抡锤了，结果，让工长看见，一句“没用的家伙”，立马就被派到了别的地方。

要说，这个活儿累是不太累的，只是站在高高的单薄的砖墙上头，因为需要格外小心而不敢用力抡锤，反而就显得累了。干了一会儿，看着大家这个拿捏得半死却效益不显的实情，我不觉寻思了起来，结果，不多时，看着薄薄的高墙我就想出了一个不知是否可行的法子——就是用大锤直接抡砸高墙底部，直至墙底松裂，然后集中人力一起用劲推倒砖墙。

嘿，没想到，这个办法还真管用，照我说的，不大一会儿，我们就推倒了长长一截围墙，效益绝对是刚才那么干活的好几倍。

后来，工长看到我们喊着号子热火朝天地推墙，而且一推一大截，就连路人都惊奇地站着看起来，立即眉开眼笑跑过来，连夸“这个办法好，这个办法好”！

于是，我虽然知道他的夸赞并非针对我的“聪明”，更无表扬和鼓励我的意思，而是针对我们干活的效益，但心里仍是美滋滋的！哎，权且是帮助大伙儿省了些力气吧。

2009年8月4日　阴

今天因为停电，继续休息。我什么事也没干，躺在床上睡了又睡，感觉好惬意好轻松好舒坦——痛痛快快睡觉，是我梦寐以求的快事。

在建筑工地，这就是我们最大的幸福了。睡觉万岁，睡觉万岁！

2009年8月5日 晴

今天下午，因为政府领导要到工地检查，工长派我们清理场地。虽然因为停电而本来不能上工，现在可以上工挣钱，还有活儿也很轻，但我对这项工作却有着莫名的反感——类似的工作，我们不知搞了多少次了，因为工地是市委党校综合楼，领导便不时前来视察或者检查，每来一次，我们都要大动干戈，锄草扫地，插红旗挂标语。对此，我虽然只是一个农民工，但亦深深感到：现在虽然政府都在大喊口号反对形式主义，可事实上到处还是形式主义，否则，我们会一次又一次地清理其实根本没有必要去清理的场地吗？

领导来慰问

盛夏酷热天
领导来慰问
全员齐行动
工地换新颜
彩旗迎风展
标语高空悬
桌椅搬上前
还把巨伞张
左等右等啊
不见领导来
嘀嘀车响了
长长一大串
前呼后拥着
领导走在前
啊啊两嗓子
开始把话讲
什么辛苦了

什么感谢呀
几番客套话
全都轻飘飘
幸好拉车瓜
才把众人稳
结果真是的
领导刚转身
大家把瓜分
最后说实话
领导一席话
不如大西瓜

附：当时，发放西瓜的那个场景，我觉得很有必要把它记下来。刚开始的时候，工人们还能自觉排队等着领导分发，但没有多久，秩序就乱了，大家挤扛一阵突然哄抢起来，其中一个湖北的女工在挤扛中被人绊倒，面颊被人踩破了，只见腥红腥红的鲜血糊了她一脸，看起来蛮是吓人的。望着她痛苦而又难堪的背影，不知怎的，我的心里有着揪揪的痛。

2009年8月11日　晴

今天下午因为主要是机械作业，所以不算太累。要说，这是令人高兴的事儿，可是，因为没了活儿，我却觉得日子更加难熬了，就那么站着，六个小时的时间是那样漫长，一分一秒都像黏稠的丝一样接了起来——有活儿干，累；没活儿干，还是累。建筑队的日子真不好过！

如果

如果，我能够
拥有一份正常的工作
也就是一天只上八个小时的工作
那该有多好
这样
我就可以像很多很多的人
去过正常的生活
而不是，除了干活就是睡觉
如果，我能够
拥有一定空闲的时间
也就是除了工作还能支配的时间
那该有多好
这样
我就可以像很多很多的人
去做一点自己喜欢的事情
而不是，除了干活什么也干不成
如果
我知道还有很多很多的如果
可是
已不敢再想
因为

我的如果，注定了

只是一种如果

说了，还有什么意义？

2009年8月12日　晴

下午日头还是老高的时候，一位工友问我“几点了”？刚才我因为劳累站着愣怔时，被工长看到狠狠给训斥了一顿，心里正憋着一肚子火（在工地干活儿，就是这样，只有像机器一样不停地劳作，才不会挨批挨骂），加上明白他问我的意思也就是想问离下工还有多长时间，便没好气地回答，早着呢，你没看日头还有老高吗？

被我这样一戗，他亦没好气地回敬：“看日头你知道什么时候下班吗？”我没好气地笑笑，说道：“在工地待这么长时间，我看你真是白待了，你没注意日头完全落下去天黑了咱们就快下班了吗？”他挠挠头，不好意思地说“是的，是的，天黑了咱们才能下班”。经他这么一折腾，我的心里油然涌起了一种悲凉的情绪——在工地，真的就是这样的，有人开玩笑说：我们的工作时间是两头不见日头，也就是“早晨太阳没出来就上工，下午日头完全落了，天色暗下来才能下工”。

两个世界

在我看来啊

现在的世界

其实是两个

一个外边的

一个里边的
为啥这样讲
是因那工地
已经把我们
与世隔开了
如果不相信
那么就请看——
早晨天刚亮
我们就起床
干到大晌午
匆匆去吃饭
烟还没吸完
又要进工地
只到天擦黑
才算是下工
仅剩晚上了
因为太劳累
躺床呼呼睡
这样的生活
你说是不是
外边的世界
把俺隔绝了？

2009 年 8 月 22 日　阴

因为天气骤然变冷，体内热量消耗过快，中午虽然吃了三个大馒头，可是肚子很快就饿了，于是，只能勉强撑着，头晕目眩地熬了一个下午。

2009 年 8 月 31 日　晴

今天，和我一起来的一个老乡，因为收秋而辞职回家。宿舍里的人，都羡慕地说："这下你可解脱了，再也不用过这种两头不见日头的苦日子了！"他笑笑，说道："是啊，以后我再也不会干这个工作了！真是解放了。"我听着，心里不由地就涌起了一种淡淡的悲凉——是啊，这样的苦日子，有谁愿意熬呢？老乡走了，我们注定也是要走的，这个不会让人留恋而只能让人后怕的工作，带给我们的是什么呢，恐怕只是一段无奈而又辛酸的回忆吧。

2009 年 9 月 5 日　晴

今天我和五个小工为六个大工（老师儿）工作，铺设马路边沿的地板砖。我没有想到，这六个大工干起活儿来竟是那样的磨蹭，半天下来，多半时间都是在休息。

因为我是急性子，而且做事向来在乎效益，下午便以开玩笑的口吻询问其中一个大工："师傅，你们这样耗着不觉得着急吗？"谁知，他一翻眼，不耐烦地对我吼道："我看你是没在工地干过吧！着啥急呢？如果你现在把活儿干完了，人家不是还要给你分派别的活儿？要是不停地干，一天十几个小时，谁能受得了？"被他一戗，我竟也无语了。是啊，不停地干，十几个小时谁能撑得住？我真是个榆木疙瘩。

建筑队的工作时间虽长，但也不一定会有什么好的效益，而且也苦了工人，干活不干活，一分一秒你都要熬过来。今天，大工的几句话，让我对自己的工作有了更加深刻的认识。

2009 年 9 月 10 日　小雨

下午干活儿时，不知怎么回事，向来都是在现场监工的工长好长时间没到工地，结果，大伙儿全都坐下来歇了起来。干活儿一向老实、本分的我，歇一会儿，便憋不住了，一个人默默干了起来。而且，干了很长时间，工长依然没来，别的人依然坐着歇息，我却依然在干着活儿。这时，有一位上了岁数的工人，笑着对我说："小伙子，工长没在，不用那么卖力。在工地，向来都是不打勤不打懒，专打不长眼。你现在卖力地干，待会儿他来了，你累得干不动，照样会挨批。"

我觉得他的话很有道理，加上以前曾经"不长眼"，只是凭着自己的力气埋头苦干，结果虽然没少出力出活儿，仍是挨了不少的训斥，就停下来与他们一同歇起来。有什么意思呢？不讲效益，只是围着工长转，我不知道自己还能在这个工地坚持多久。我不怕出力，但怕出力却不讲效益。

2009 年 9 月 28 日　晴

今天，工长给我和"炮手"分派的活儿是探物。

探物是什么意思呢？就是用洛阳铲往地下钻探（为什么叫洛阳铲？我曾特意问了一位技术员。他说，具体原因他也搞不清。只是知道这种工具起源于古都洛阳，便叫洛阳铲了。它的功能是专门探测地下文物），看有没有什么文物。我想，这可能是施工中的规定吧。这个活儿，我们以前都没有干过，只是听工长大概说了一下，就背了洛阳铲进工地了。结果，我和"炮手"干了老半天费了好大劲儿，却怎么也钻不下去，出力不出活儿。

面对此情形，我俩都很着急，因为工长给我们说了，每个人半天至少要钻出四到五个一米多深的洞孔。"炮手"还曾嚷嚷说不干了，干脆找工长请假歇工得了！

我手扶洛阳铲，仔细看了看，发现它系在长长的探杆上，底部是个锋利的尖儿，顶部是圆筒，中间空着；其用法是攥紧探杆用力往下扎，然后拔出来，依靠圆筒带上来的泥土钻探，便觉得可能是我们的操作方法不对。

那么到底该怎么操作呢？我先是重复了一下刚才的动作，发现直直往下扎，确实费力且无效果。于是，我灵机一动，攥着探杆旋转着往下扎。结果，看到一下就钻了好深，而且还不怎么费力。这个时候，我看了看“炮手”，只见他还是坐在地上唉声叹气的，就偷偷一笑，按照新方法钻探起来，不多时，就钻出了两个洞孔。

过了一会儿，一个外包队的四川籍工人从我们施工的地方路过，看到我的动作，他笑着问我：“老弟，你的这个法子从哪里学的哟？”我自豪地回答：“自己琢磨的！”“你的脑瓜子还挺机灵的哟！”而后，他告诉我说，钻这样的小洞，好多工人都干不成，没想到我没干过竟马上掌握了技巧。他还告诉我，说往小洞里灌些水，把泥土泡湿了钻起来还会更省力。按他说的做了，我果真发现更加见效。

半晌时分，我钻了四个，想想时间还早，四周瞅瞅不见工长其人，就坐下来歇息；“炮手”呢，见了我神奇似的成效，立马跑到我跟前，瞪大了眼睛问我是咋干的咋这么快？

我坏坏地一笑，说不交学费休想学。“炮手”便说：“没问题！只要让我学会，把一天的工钱给你一半。”我知道他是怕自己干不了而被工长斥骂，已经给急坏了，就说别给那么多，晚上给我买瓶啤酒就行了。结果，把他乐得咧着大嘴傻傻地笑了好长时候；按我说的方法，看到果然灵验，朝我竖了竖大拇指，打心眼儿里夸赞：“没想到你这个书呆子，还挺会干活呢！”

那一刻，我的心中溢满了自豪，虽然这种自豪看起来十分不以为然，但在时常挨训时常被人轻视的建筑工地，它真的已经让我十分受用了。

2009年10月3日　晴

晚上是中秋节，因为干了一天的活儿，浑身乏困，吃过晚饭，便躺到床上睡觉了。我知道，此时正是万家团圆、举杯赏月的美好时刻，然而，我却丝毫没有那种雅致和心情。我想，任何一个为生活而负重谋生的人，想必可能都是这种感觉吧！而工人们，有一些早早就睡了，有一些到外边买月饼去了。对他们，因为生活的重压和工地那坚硬如铁的环境的使然，想来也和我一样，已经失去了编织和享受生活的情趣，只是机器一样日复一日地劳作着。

后来，我起床看了看圆月，它悬在中天，在昏昏苍苍的天幕上，亦昏黄昏黄的，心中竟涌起怆然索然的滋味。

2009年10月9日　阴

上午10点多钟，“炮手”和一位老工人吵起了架，原因是——老工人和“炮手”搭伙为两个大工师傅工作（负责供料服务）。施工开始后，也不知是“炮手”故意偷懒或是真的肚子不舒服，不仅老是蹲厕所，而且一蹲就是老半天。这样，他们两个人的活儿就落在了老工人一个人的身上；老工人心生怨气，指责“炮手”不该老往厕所跑。“炮手”不服，说“管天管地管不住老子拉屎放屁”，两个人就干上了。

不多时，工长路过，看到两人吵得不可开交，忙问是啥原因？得知真相，立即斥骂“炮手”：“干活儿就是干活儿，别那么刁蛋！”“炮手”不予接受，顶撞工长说：“你们家乡的几个工人老是上厕所你咋不管呢？”于是，工长大怒，警告“炮手”别那么多废话，否则，今天的工就算白干了！

看着“炮手”梗着脖子、直翻白眼儿的狼狈相，在一旁正为另一位大工供料的我，便劝他别和人家比，如果真是肚子不舒服，就赶快吃药；如果没啥事儿，就踏踏实实地干活儿。他听了我的话，瞅瞅远去的工长，朝我挤了挤眼儿，乐呵呵干活儿去了，就知道这小子果真又是在偷懒耍滑头呢。

哎，因为一天要干十多个小时的活儿，一些工人特别是工长家乡的那些工人，就和厕所热乎上了，不管是否内急，都要到厕所蹲一会儿。厕所，竟成了他们的安乐之所。对此，工长早已心知肚明，但可能是碍于面子，不好抹下脸来老说和他关系较好的那些工人，只是旁敲侧击道：“奉劝有些人，别老蹲厕所了。因为蹲久了会蹲出毛病的。”你说可笑不可笑啊！

2009年10月13日　晴

早晨上工后，“炮手”说昨天因为在市里跑了半天，又玩了小姐，浑身乏困，上午不想上工了，让我给捎个假。结果，我给工长讲了，他竟然满脸怒气地说“‘炮手’太随便，没有一点纪律性”，并且针对这件事又对六十多个工人强调：“今后，任何人请假一律由本人请假。如果准了你就休息；如果不准就得上工。”

对他说的后半句话，我听着特别刺耳：因为工人请假，一般只有一个原因，那就是太累了想休息一下（“炮手”此次是个例外）。除此，为了几十元钱，根本没人愿意请假。照他说的，工人累了可能还得撑着强干！其管理是不是太不人性化了？

2009 年 11 月 7 日　晴

下午，工长派我和几个工人一起装支模用的方木，因为脚痛行动不便，我在车下往上递送。后来，装着装着，我看到车上摆放方木的两位老工人，行动极其缓慢，致使我们车下的三个人好长时间才能往上递运那么几根，一向有些性急且干活儿注重实效的我，顾不得脚痛慢慢爬上车，帮助他们二人摆了起来。

这时，一位老工人笑着对我说："小伙子，别着急，领导又不在，干那么快图啥呢？"我说："磨也不能磨得太不像样了，知道吗，你们这个样子能把我给急死！"他俩笑着摇了摇头，一副无可奈何的样子。

谁知，装完车，我因累得满头大汗、浑身乏力，不得不坐下来休息，人家却没事似地慢慢悠悠找工长领其他什么活儿去了；而不远处的工长看我坐在那里休息，劈头就问："你坐在那里干什么呢，是不是不想干了？"出了那么大的力，到头来却落了这么一句训斥，我窝火得直想揍工长一拳——哎，在这个建筑队，实心干确实不行啊！

第七章　歧视

在建筑工地，我们小工不仅最出力，而且还最没有地位，有时就像一条狗似的被人吆来喝去，如果计较，出力又受气，早就待不住了。

就在此时，我没有料到，车上的人的目光，竟然一齐向我和「炮手」射来。那凛凛的冷色，分明透着怪异和不屑；而更加让我难受的，是「炮手」身边的那个美女，倏地站了起来，先是坐到我的身边，而后又迅速坐到了后面。

2009 年 7 月 8 日　阴

下午，工地安排我们几个人搬运白灰。

那些白灰，其实就是白石灰，在工地是用来拌三七土用的。什么是三七土？就是 30% 的白灰和 70% 的黄土搅拌而成的混合土。据说这样混拌而成的土，更具黏性和硬性，一般用作垫坑。起先，它们成袋成袋地堆放在深深的大土坑里，后来，因为要垫填土坑，就把它们给抬运到了地面。现在，大坑基本填平了，它们也就派不上什么用场了；因为这些白灰都是工地花钱买来的，不用当然要给妥善地存放起来。否则，下雨淋了要变质，太阳晒了要风化。

干活儿的时候，大伙都以为是要给放到工地什么地方呢，结果没料到是要用时风三轮车拉出去，统一存放到工地东边那个医院里面的小楼里。

我们跟车来到那家医院里面的小楼前，还没动手干活，开车的司机——也就是工地上的电工，用手指着一个房间说："那是太平间，不久前工地摔死了的那个工长的尸体当时就放在里面。"太平间？！听电工这么讲，我条件反射似地一惊，扭头望去，真的看到了那些我曾经非常熟悉也十分敏感的暗黄色的棺材。到底怎么回事？说来又是一件心酸事：

为亡友穿冥衣

记得那是一天早晨，正在北京一家公司打扫卫生的我，突然被公司一位中层领导叫到了他的轿车里面。

我感到疑惑，壮着胆子问他要干什么事？结果，他只说了一句“待会儿就知道了！”便一言不发地绷紧了脸，搞得我不仅更加疑惑，而且甚觉惶恐——毕竟，我在这个规模庞大的公司里面，因为地位渺小，还从来没有坐过领导的轿车呢。现在，人家突然让我坐进轿车，到底要干什么事呢?

后来，我看到他又喊来两个和我一样在公司没有什么地位的员工，然后开车向市内驶去。

约莫一个小时，我们来到了一家医院。这时，那位领导才告诉我们，说是要给一位因为家庭纠纷而上吊自杀了的现在要拉到火葬场火化的公司员工穿冥衣。

我记得，当时听了他的话，觉得自己的头发“忽”一下好像全竖了起来，而且头皮也突然地抽紧了——我虽然惶恐，但却没有料到会是这样令人惊悚的差事。

不过，也就是在那一刹间，我便解开了刚才上车时的那种疑惑——不是这事，我这个小人物能坐进领导的轿车吗？这样想着，难言的心酸瞬间便席卷了我。

好在那个上吊自杀了的员工，我不但认识，而且和他还很熟络，确切地讲也算是朋友了，心中多少便有了些许的安慰。

不多时，那个领导把我们三人带到太平间的门口，转身就走了。我不知道和我一起来的那两个人，是否感觉到了恐惧，我只知道自己的大脑好像没了什么意识，倏忽之间变得一片空白，两腿也随之不由自主地猛烈抖动起来。

而更加糟糕的，是我们三人进去之后，把那个亡友的棺材打开，那两人之中年龄稍大据说还是当过兵的一人，看到亡友的一瞬间，竟“哇”地一声，捂着嘴跑到外边呕吐起来，仅把我和另外一人撂在了里面。

那个时候，看着太平间里摆放着的可能都是装着死尸的暗黄色的塑料制品的棺材，和亡友那早已没了血色已是铁青铁青的脸庞，我恍然站在阴阳相交的界线上，身子轻飘得就好像是一缕虚无的轻烟，真真切切地没了任何意识和知觉（后来，我曾经在心里感叹：死亡，也许就是这样没了意识和知觉的虚无吧）。

再后来，我和留在太平间的那个同事，为身体已是僵硬僵硬的亡友艰难地穿上冥衣，恍恍惚惚走出太平间，恍恍惚惚坐进轿车，看到那位领导紧绷着的脸，骤然开始缓和下来并露出微微笑意，因为刚才特殊的经历而变得极其沉抑的心情，不由更加沉抑起来——他那仿佛是如释重负的笑容，不仅让我再次深切地感受到了自己的渺小和卑下，而且心中还油然涌起一种被人恣意愚弄被人恣意作践的感觉。

能说什么呢？权当是为亡友送行了吧。此时，因为眼前的那些棺材想起这件事，我哑笑着这样自嘲。

2009年8月1日　晴

早晨上工后，因为近期之内陆续来了一些新工人，工长便召集大家开了一次班前会。会议的主要内容是强调劳动纪律，他这次在会上说的几句话，让我深深记住了，他说：“说实话，你们在这里务工，公司好歹还把你们当个人看。要是在别的工地干活儿，人家可能就不会把你当人看了。所以，大家心里要有底，干活儿要自觉，不能偷懒。”

我想，他说的这些话听起来虽然很刺耳，但也许是实情。毕竟这个公司是一个有了规模的集团公司，对工人可能要比那些小公司或是包工队要好许多吧。

2009 年 8 月 6 日　阴

今天上午干活儿时，我因没有理会工长的意图（主要原因是他的家乡话听起来非常让人费解），结果填土时竟填错了地方。这时，工长便对我大声训斥，说我简直没有一点脑子，比猪还要笨！这样的话，其实我早已听过好多次了，而每一次心里都有一种难言的耻辱的滋味——这个工长名气非常大，提起他，很多工人都知道。而名气大的原因，就是因为他太有杀气，能镇住人，深得老板赏识。他个儿大不说，整天绷着脸，很少有笑容。看人的时候，总是乜着眼，让人觉得浑身是寒气；他的家乡话，听起来真的很费力。然而，听不懂还不敢问。因为一问，他就会瞪着眼睛怒吼，轻则说你迷糊，重则骂你傻蛋！记得有一次，我的一位老乡用震动机震压地面，因为他以前没有使用过这种机械，结果，不小心把连接电源的电缆线给震断了。后来，看到这位工长路过，吓得赶紧报告。这时，只见工长大眼一瞪，厉声说道："笨蛋！我看把你给震断了才好呢。"凶恶的模样和难听的话语，把老乡气得嚷嚷说："真不是人待的地方！"哎，看来，在这里我们也是不可能像他所说的那样享有一个正常人所应享有的人格的。

工　长

我说的工长

就是在我们工地监工的那个人
他，五十多岁了
应该仁慈才对
结果，苛刻极了
一天到晚拉着脸
看到工人——也就是俺们那些农民工
稍一愣神就厉声斥责：别老偷懒！
时间久了，工人对他又恨又怕
甚至暗骂：简直是一条狗！
我想，他也许是仁慈的
只是为了生存才那样的——
在这世上，有多少人
为生活而违心地改变了自己？

因为这首诗，我觉得有必要把工长给介绍一下。因为只有这样，大家对工长的凶和狠才会有一个更加全面、更加理性的了解——

我不知道别的建筑公司是什么样子，只知道我所在的这个私营性质建筑公司的工长，其产生渠道有两个：一是由公司领导指定自己的亲戚担任；二是公司领导从工人队伍中选定人员担任。第一种渠道就不必多说了，想必许许多多的私营建筑企业都是这样的，肥水不流外人田嘛，固有的传统思维了。第二种，简单解释一下——

其实，也是听说的。工人们告诉我，说能够当上工长十分不易。其一，百十号甚至几百人的一个项目，通常只配一个工长；其二，工长是亲自带兵打仗的指挥官，不仅要有杀气能镇住工人，而且还得熟知、掌握基本的施工技巧和施工技术，不能去干那些有损效益的冤枉活儿和返工活儿；其三，更重要的，是工长不仅具有一定权力，而且工资也高，比起工人要高一大截儿。真正的大型的重要的建筑项目，那些工长都是第二种渠道产生的。道理明摆着的，从工人队伍中选定的工长才是货真价实的工长。

不过工人们又告诉我，在这家建筑公司，如果熬到工长的位置也就算是熬到头了，意思不是说到了这个位置就应该知足无需继续上爬了，而是说已经到了顶峰根本就爬不上去了。因为最高的位置是项目经理，而项目经理一律都从技术员队伍中选定产生。为何如此？也是明摆着的道理，项目经理必须具备一定法定条件，而这些法定条件只有上过专业院校的技术员具备。

也是瞎琢磨的，就我所在的工地，我觉得工长的凶和狠，不仅仅来自本身所具有的脾性，而可能还有体制方面的原因。想想看，在项目部，工长出的力可以说是最大了，而报酬和权力，与项目经理相比明显还要差一大截。此外，更要命的，是你拼死拼活地干，也还是这个位置；而如果不拼死拼活地干，随时都有被人家给辞掉的可能。这种极有可能产生的心理上的不平衡，能不恶化那原本就暴戾的脾性吗？

2009 年 8 月 19 日　晴

今天工长派我油漆楼梯扶手和栏杆，这个活儿我从未干过，好在没有什么要求，拿刷子沾了漆在扶手和栏杆上面涂抹就是了。只是，因为手生，加上楼梯扶手和栏杆不便涂抹，一天下来，不仅手上沾满了油漆，就连脸上、头上也弄了不少，整个人蓬头垢面的，看上去比沿街乞讨的乞丐还要像乞丐。

2009年8月28日　阴

今天我为一个个头很低、面貌亦不敢让人恭维的老师儿工作。开始干活儿之后，我没有想到，其貌不扬的他，就凭自己的那么一点儿手艺，竟不时对我大发雷霆，一会儿说我灰拌得不好，一会儿说我没有一点儿眼色，一会儿又说我是猪脑子什么都不懂，直把我讲得一无是处，好像干苦力也不会干。

对他这副德行，我虽然颇为恼火，但却忍着没有发作，因为第一，他的岁数要比我大很多，此外因为长期劳累而佝偻着身子的惨样儿，使我实在不忍心"回敬"；第二，类似这样的事情，我已经经历很多次了。在建筑工地，我们小工不仅最出力，而且还最没有地位，有时就像一条狗似地被人吆来喝去，如果计较，出力又受气，早就待不住了。

2009年9月3日　晴

上午干活儿时，一位老乡的话深深地刺痛了我。当时，我问一个戴着眼镜、看上去非常机灵的小伙子，他以前是干什么的？想不到，人家还没开口，了解那位小伙子底细的老乡抢话说道："和你一样，都是当保安的！"那语气，分明是一种嘲笑、鄙视的语气。虽然我以前只是在保安公司机关干过，是一个管理人员，并未站过一天岗，但自尊心仍是受到了伤害，毕竟，现在社会上已经把保安和农民工排为最低贱的一种职业，人们眼里早已没了"工作没有高低贵贱之分"这一朴实的观念了。保安，农民工，这卑微的职业，受到了多少人的歧视和冷落？如果没有他们，这个社会能行吗？我这样愤愤地想着，但还是感到难过，为自己多年来的该是社会底层的生活。

晚上，我不仅还是解不开心里的结，而且又不由想起了自己这些年来东奔西跑的民工生涯。结果，想着想着，就想起了去广州做搬运工的那些日子，情之所至，翻起枕头下面皱巴巴的稿纸，以《那年，我到广州做搬运工》为题，写了如下这篇稿子，以排遣郁积的情绪。

那年，我到广州做搬运工

2004年春节过后，对南方向往已久的我，与表弟结伴前往广州打工。

我们是在鲁山这个县城小站上车的。南下打工的人非常多，我与表弟爬进车厢，连立足的地方都很难寻找。人挤着人，咫尺之间拥来推去，彼此没有一丝稳定感。对此，我已经习以为常，并且老道地在车厢里蠕动，谦敬地问那些在座位上坐着的乘客要在哪里下车，试图及早谋到座位。

费了好多劲，我终于寻到一个在南阳下车的乘客。鲁山距离南阳，只不过几十公里，如果能在人家下车后坐上座位，可以说我这个买了站票的人其实也算是买了一张有座位的车票。要知道，鲁山到广州，要行驶两天一夜，那在密不透风的人堆里挤站着的滋味，简直是要人命啊！

我欣喜地在那个乘客身边站下来，不久，车到南阳，他真的起身拿行李下车。这时，让我想象不到的，是我刚刚坐上那个座位，身边一个满脸横肉的男子，一把拎起我，凶神恶煞地说："滚蛋，这个座位我们早就占住了，你要想坐，就拿二十块钱来！"

这些年，我东游西荡，没少赶火车，强行乞讨的，强行推销的，车上五花八门的事情可谓让我长了不少见识。可这次抢座卖座，我还是第一次碰上。

其实，我早已明白，如果我不给他二十块钱，这个座位我肯定坐不上；但我可惜那二十块钱，在外闯荡多年，我这个农民工深知生活的艰辛，珍惜那可以说是用血汗换来的一分一厘。

我便本能地拒绝，结果，一下从周围窜上来一群人，他们把我团团围住，个个面露凶相，完全一副玩命的架势。我向来胆小，只好乖乖掏钱，任人敲诈、宰割。

火车在向南行驶着，从未到过南方的我，因为被迫强买了那个座位，一下便没了新奇和兴奋，在心里深深觉得：自己这个低贱如蝼蚁一样的农民工，好像经不起任何风吹雨打！

广州是个大城市，我与表弟走在街上，人海茫茫，无依无靠，就像两粒尘埃。让我想象不到的，是这里的工作根本不像我们想象的那样好找。这里虽然有很多工厂，但到这里打工的人此时也很多，这就像很多的人在吃一个很大的蛋糕，蛋糕大不能意味着吃的人就能吃得多一些。

我们总是挤公交外出寻找工作。公交车上的人真是多，虽然走了一辆马上就会来下一辆，但一辆又一辆的车上总是那么多的人。人多了，就得竞争，竞争力气，竞争霸道，人们你拉我扯、乱撞乱扛，城市文明在此荡然无存。

我们颠来颠去，好多天之后，依然没有找到哪怕是仅能维持生活的工作。很多时候，我们总是按照报纸上刊登的招聘信息，摸到用人单位，在那里填好应聘表，开始焦灼地等待（我们租有廉价的房子，在招聘表上留下房东的电话）。那些天里，因为那一个又一个不可知的明天，我感觉自己的生活就是在等待一个又一个暗无天日的黑夜。

有一次，我只身一人前往一个很远的地方应聘，上午出发，下午才到，下了车，发现那里与市区相比，明显两重天地，一副荒凉的郊区景象。天恰巧阴了下来，看着茫茫雾色里星星点点散布着的不知是民舍还是工棚的建筑，我突然涌起一种“日暮乡关何处是”的悲怆的情怀，不知是触景生情，还是因为生活的无望，鼻子一酸，泪便控制不住地涌了出来。

表弟因为缺乏耐性，更是因为囊中已近枯竭，决定回家；一个人漂在广州，我感觉更加孤独、更加无助。

一天，我麻木地硬着头皮到一家货运公司应聘搬运工。随着一次又一次无望的应聘，越来越心灰的我，对工作的要求越来越低。生存就是一切，我想只要可以糊口就行了。

然而，东摸西找，好不容易寻到那家单位，结果人家的招聘工作早已结束。此时，绝望至极的我，看到接待我的一个中年人说话和里和气、一副热心肠的模样，突然鼓起勇气，一股脑儿把自己连日来寻活儿无果、已近身无分文的境况告诉给他，最后乞求他在广州为自己谋一个差事——当时，我的心境就像抓到了一棵稻草的溺水之人。否则，我是绝对不会神经病似地向一个仅仅看起来好像是热心人的陌生人求助的。

我想不到，他竟然答应了。而且，打了几个电话，就给我联系了一个同样是搬运工的工作。那一刻，我真不知该怎样表达自己的感激之情，如果我再激动一点，就有可能跪下来向他叩头致谢——现在想来，当时我即使跪下了，其实也是值的，因为我从那家货运公司出来，面对身无分文的窘境，很有可能沿街乞讨，甚至向很多人跪着求助。

中年男人给我介绍的那家货运公司，在天河区一个部队医院对面。进去后，我才发现，这家公司正急需用人，我的到来，使人事主管欣喜异常，他不仅热情接待了我，而且还对我说了很多鼓舞的话。想着自己到广州后四处求职却屡屡受挫，万念俱灰之时，竟如此轻易谋到了职业，我觉得生活在人生路上的确富有戏剧性。

但一上班，我这生活富有戏剧性的轻松的感叹，便变得沉重、灰暗起来。

先说住的地方吧。那是古旧的下面是库房上面是住房的二层建筑结构的屋宇，宿舍和地面由木板铺就，人一走动会轻微晃悠，摇摇欲坠似的。而且，一些木板年久腐朽，露出一个又一个窟窿。一不小心，就会陷进去。床铺是用床板铺就的大床铺，人挨人住在一起。最要命的，是鼠患成灾，大白天老鼠也敢在宿舍里跑来窜去。我最怕老鼠，看着广州那些大的像猫似的肥硕的老鼠，重重地“嗵嗵”地跑来跑去，骇得毛骨悚然、冷汗直冒。

我是中午到的，简单安置下来，就跟几个搬运工坐上一辆加长的货车到外边装货。那是一大批用纸箱包装着的电脑显示器。虽然不重，但只有几个人搬运，干着干着，时间一久，我的臂膀就开始发酸了。我们持续干了将近6个小时，装完货，天空飘起了零星小雨，坐在宽大的驾驶室里，望着车窗外夜色蒙蒙的城市，腰酸背痛的我，心里泛起了沉沉的失落和遥远的陌生——四处求职、四处碰壁之后，广州，这个我梦想了许久的一直以为遍地是金的城市，就这样接纳了我。

回到公司，虽已半夜时分，但许多工人拿着饭盆往厨房跑——干搬运，白天黑夜都有活儿，晚上需要吃夜饭。看着白生生的仅仅是放了盐巴的面条，心情沉重的我扒拉几口便睡了。

那时，我想不到，以后的那些日子，我会对那白生生的面条吃得狼吞虎咽吃得津津有味。

我是大山里出来的一个农村娃，因为以前在家吃过苦，所以外出打工后，一直认为：到了万不得已的时候，自己什么苦都能吃。然而，这一次，我却明显吃不消了。搬运工，不仅要有力气，而且还要有承受无限度超负荷透支力气的毅力和耐力。这里没有什么休息，只要有活儿就得干，老板用广东话对工人们说：“这个工作就是这个样子啦，你们能干就干，不能干就拉倒啦！”所以，工人来了走，走了来，很少有长期坚持下来的。我亲眼看着那些从广西山区来的在家肯定要比我吃过更多苦的五个搬运工，因为不堪重体力劳作，竟连半个月浸泡了累累血汗的工资都不要，怆然走了。

那段日子,我的生活感觉可以用两个字概括:累和饿。重体力的劳作,一下加大了我的饭量。那些饭菜,虽然如工地上的饭菜一样粗糙,但工人们都是抢着吃,那样子真是饥不择食!仅是馒头加咸菜,我一下就能吃六个馒头。更甭说那我爱吃但却只有在晚上才做的面条了。

我机械而又麻木地搬运着一件又一件五花八门的货物,因为不停地超强度的劳作,头脑一片空白。但这还不是最痛的,最痛的,是内心的孤独和精神的无所依托。我是只身前来务工的,在那群岁数要比我大许多的粗野的男人中间,我就像一个被遗弃的人,看似与大家打成一片,实则独来独往。这种精神上的无所依托,使我经受着炼狱一般的煎熬。

我清楚地记得,有一次,我和工人们争先恐后地去吃夜饭,也就是那白生生但我却已经特别爱吃的面条,结果,剩下我和另外三个工人时,这时,那三个关系较好的工人,一下把面条给友好地均了,轮到我,仅剩下几口汤。看着他们饭盆里也并不算多明显根本就不够吃的面条,我的眼泪一下便涌了出来——我不为自己没能吃上面条,也不为他们那种抢饭的举动,只为孤独,这种是人类就难以忍受的孤独。

后来,货运公司来了一个年龄和我一样大的广西小伙子。他的境况几乎和我一样,也是在走投无路之时经人介绍来到了这里。因为同是年轻人,也因为共同的遭遇,还有精神上的相互依靠,我们很快成了好朋友。这样,两人在一起说说笑笑,彼此相互关照着,干起活儿来虽然还很苦,但我觉得日子并不那么沉重了。人,若是没了精神上的寄托和愉悦,我想那也许就是行尸走肉或者生不如死吧。

幸福是什么呢?对我而言,那时幸福就是几杯白酒几粒炒花生。晚上活儿少的时候,我和广西小伙子,常常会买来一瓶廉价的白酒和一斤带壳的炒花生,在宿舍的床铺上推杯换盏。今生今世,如果谈及幸福,我永远不会忘记我和广西小伙子在一起喝酒的感觉。那种感觉,真让我陶醉。在我们每个人的生命里，也许只有那些在苦难中衍生的幸福，才最让人刻骨铭心吧。

但不久，广西小伙子亦不堪劳累而辞职，我又陷入到了孤苦的泥淖之中。我好像有意跟自己过不去似的，一直咬牙撑着，直到一年以后，找到另外一份稍稍有些体面的工作。

附：写完这篇稿子，夜已经很深了，我虽然没有感觉过多劳累，但心里酸得厉害，特别读她的时候，不知不觉，竟又汹汹流起了泪；为了不被老乡发现，我便赶紧用被子蒙着头。结果，不多时，脸旁的被子就湿了一大片……

2009 年 9 月 7 日　阴

今天格外冷，天气预报说，最高气温只有 17℃。可是我从党校工地往这个工地调动时，工长说只是帮两天忙，什么也不用拿。结果，我穿着夏天的衣服（一件破背心一条破单裤），一直干到现在（前后算来差不多已经快一个月了），一身单衣天热还能凑合，冷了怎么能行呢？我不停地拼命干活儿，想以此驱走寒意，结果无济于事，还是被冻得瑟瑟发抖。

但是，让我更加寒冷的，是我中午外出买东西时，因为破衣服不合时令，而且沾满泥巴，行人尤其是那些衣着时尚的年轻女人，看我走近，远远就躲开了。更有甚者，还夸张地用手捂住了鼻子，那模样仿佛我就是一个见不得人的怪物。自己也还年轻，长得也不寒酸，如果不是农民工，何至如此让人鄙视？这样想着，我更是无法接受这种被歧视的现实，虽然脸颊发烫，可也只能勾着头，主动躲避着行人快速疾走，盼望赶快离开他们赶快走进平日那个我极度厌烦此时却又觉得十分亲切的工地。

我想，今生今世，我是永远不会忘记这种给我内心深处带来的巨大伤害的。

2009 年 9 月 8 日　阴

天气持续奇冷，天气预报说最高气温仅有 15℃，幸好和我一起出来打工的老乡，看我冻得不停地发抖，借给了我一件虽然单薄但多少可以挡些寒气的迷彩服，让我少受了不少的罪。

全天的感觉，依然是寒冷，而且，因为寒冷，原本漫长的时光，变得更加漫长。我应该记住的，是我平时在冬日的街头看到的乞丐的形象，今天在我身上很好地上演了——那是有一阵子，我被冻得支撑不住，只好两手抱着膝盖，蜷缩在角落里。蓬头垢面、衣衫破烂的一个人，这个样子，你说像不像乞丐？

晚上，我外出买烟，走至工地附近一个繁华的十字街，看到几个中学生模样的女孩，身系写着“爱心捐助”的彩带，大声向行人请求捐助。我站在那里，仔细听了听，原来是一个年仅九岁的小女孩，因为身患白血病而家中无钱医治且生命危在旦夕。她们，便是为其求助。

我的心，也就是刹那间吧，突然沉重了起来；信手掏掏口袋，却只有仅仅十几元钱——也只能捐献这么一点爱心了。这时，就在我转身离去的时候，突然不知从什么地方冒出来一对形象光鲜、身着入时的情侣，只听那个男的说道：“这几个傻 ×，现在还有多少好人呢？这么冷的天，站在这里不是自找苦吃？”而那个看起来真的很靓的女孩，听了他的话，竟然“咯咯咯”地笑了起来。

我的心“咯噔”一沉，难言的钝痛便如丝丝缕缕的烟雾，在心间缭绕了起来——本就寒冷的天，却因忽然而至的寒流，使得空气变得更加寒冷。而在身心俱冷的时刻，我的耳畔不由回旋起郑智化唱的那首《祝你生日快乐》这首凄凉的老歌。那个身患重病的九岁女孩，多像歌中没人陪其共度生日的落寞的“朋友”啊！这个世界，真的是不能少了爱心的！我这样想着，不仅感到白天那种自惭形秽的感觉好像突然没了，而且还想起了去年在家乡附近县城一家矿山公司打工时发生的一件事。现在把它抖出来，权且算作互补吧：

我神经质地发了一次怒

这是汶川地震发生之后的一件事情。

那天，在一家公司负责行政工作的我（起始，我是在矿山做苦力的；后来人家看我文笔较好，就把我给调到公司机关了），经过请示老总，以倡议的方式，热切呼吁公司全体员工踊跃为灾区人民捐款。

彼时，看了灾区满目疮痍的惨景，我这个渺如尘芥的农民工，亦深切感受到了来自心底的战栗与悲痛——善良，是我们人类共有的本性；况且，同为华夏儿女，我相信每一个有良知的人，都会毫不犹豫地向灾区人民伸出援助之手的！

捐款活动果然进行得非常顺利，各科各室的职工刹那间就把我和我的办公桌围了个水泄不通；看着那一只只向我伸来的传递着浓浓爱心的手臂，我为自己的倡议而欣慰而激动。

后来，也就是捐款活动正在如火如荼进行着的时候，我突然听到一位叫做李工的工程师，嘻嘻哈哈地这样对别人说：“只要咱们这里不地震不死人就行了，管他（她）们干啥呢？”

也就是刹那间的工夫吧，我“呼”一下从椅子上弹起来，然后扒拉开正围着捐款的员工，又“呼”一下蹿到李工面前，跳起来一把抓着他的领子（他的个子比我高了许多，我不跳起来根本就抓不到他的领子），怒声斥责："你再说一遍，有种你再说一遍！"

我发现所有的职工（当然也包括那个工程师），突然都讶然地瞪大了双眼，办公室的气氛骤然变得一片沉寂；那个个头比我大了几乎将近一倍而且向来傲气十足的工程师，急忙胆怯地向我求饶："别，别这样，我不说了好不好？"

那一时刻，我的暴怒真的是有些神经质——因为，平时我一直都是文文静静、随随和和的模样，不论大事小事，很少甚至几乎就是没有这样和别人红过脸（我想，也许就是因为如此吧，那个工程师才会被我给镇住的；后来，许多员工曾经对我的暴怒议论纷纷，有人还怀疑我的举止可能是由于当时心里正有什么烦心的事而引起的）。

我真的不知道自己怎么竟会如此反常地暴怒起来，而且，不仅如此，后来，我虽然放开了他，但仍然难抑心中激愤，当着众多职工的面，对他那句冷漠无情的话，又进行了狠狠的批驳，直至他一迭声地自我检讨一迭声地求我别再讲了，我才气呼呼地放了他；晚上，想着白天他说的那句话，我不由地又悲愤起来，由于无法排遣心中怒气，拿起笔情绪激越地写了一首题为《滴血的哀思》的处女诗（后被洛阳《牡丹》杂志刊登，附下），心情才渐渐平静了下来。

现在，仔细想想，在我近四十年的生活里，我还没有这样冲动地和别人急过呢，因为别人说了那么一句看似冷漠无情的话，我就那样玩命似地和人家急了，看来，我这个农民工的心中，也和许许多多的人一样，亦流淌着浓浓的爱意啊！

滴血的哀思

——写给汶川地震

如果不是这场突如其来的灾难
鲜花盛开的五月
正是放飞心情的季节
就在刹那间
一个又一个应该鲜活的生命
以不忍目睹的惨状
向我们展示了人类的脆弱
和灾难的可怕
骇然 诅咒
又有什么意义
站在心中从西南吹来的一阵又一阵血腥的风里
我痛苦地沉默
痛，已经无法用言语表达
我以泪干风化的心
为五月滴血的挽歌
致我滴血的哀思

2009 年 9 月 13 日　雨

今天上午，刚上工时，阴沉沉的天空便飘起了零星的细雨。后来小雨渐渐变得稠密起来。这时，工长命令我们给人家装钢管。说实在的，如果没有下雨，装钢管对我们来说，没有什么。而下着雨，装起来就比较费劲了，钢管光滑不说，鞋上沾着厚厚的泥巴，使人举步维艰，根本就迈不动脚步。我们装完两大车，已经10点多钟，都说“可该轻松轻松了”，谁知，想不到又来了一辆大货车。哎，这下可是要干到下班了！大家虽然满腹怨言，可也没有办法，只得穿着湿衣服继续装车。

该死的老天，也真是不长眼睛，竟然越下越大，艰辛不说，汗水和雨水从额头滚下来，糊得眼也睁不开——长长的钢管，万一不小心呲着人怎么办呢？真是没法干了，我们刚想躲起来避一下雨，结果工长从办公室走了出来，吆喝我们快点干，争取在下班之前把钢管装好。我们那副落汤鸡似的模样，不仅根本引不起他的同情，而且他还站在旁边可以避雨的楼层里面，一手夹烟一手指着我们，以戏谑、调侃的口吻对拉钢管的两个司机说：“看，我们的工人干劲大不大？”

我吃力地扛着钢管，虽然觉得迈不动脚步，可看着身边那些因为工长的监督而拼命苦干的工友，也只得强打精神、快速跑动（我怕自己跑得慢了会被工长呵斥），直至把长长的一辆大货车装好（此时早已过了下班时间）。

昨天，我一直在想《秋野》这首诗的创作意境，想了好久都没想出来，今天晚上，不知是不是白天干活时的情景昭示了我，认为自己的《秋野》一定要悲怆，写出来让人看了得知道那是农民工的秋野，不能有做作的感伤。

于是，琢磨一阵，草拟如下：

秋野

风是硬的

那些建筑和所有矗立的物体
也都是硬的
因为冷的缘故，还有晚秋悲凉的气息
它们突然变硬了，刺痛视觉的冰硬
草和叶子似乎还软着
但浸了枯色并沙沙地干响
也硬了
一切的一切
在意识深处冷色的笼罩之下
全部失去暖暖的柔媚
最为不堪时——
暮色涌起，苍茫的原野
浮现出她眺望的身影
那深情的牵挂
竟扯出无限的酸楚
让我的身和心
更是没有一点温度

2009年9月16日　阴

上午上工后，工长安排我和“炮手”等几位工人装钢管。这个活儿，因为我们已经干了好多天，而且拉钢管的车后来全都换成了长长的大货车，大伙儿由于不堪劳累而牢骚满腹，说派活儿不该这样老是让我们干重活儿！尤其是讲话向来憨直的“炮手”，看到工长走来，竟对着工长怒声大吼：“你这个工长派活儿太不公道，我看你根本就不配当领导！”

谁敢这样讲啊！工长火气攻心，二话没说，推着“炮手”强行让他回屋休息。“炮手”不愿回去（我们出来务工，报酬来自工日。干一天能得一天的钱，不干啥都没有。大家对工日看得可重了，如果没有特殊情况，谁也不愿误工。所以，在工地责令停工休息，应是对工人最重的处罚了），与工长拉扯起来，结果经不住工长的恫吓和推搡，只得灰头耷脸地哀然而去。

我看在眼里，不由在心里责怪憨傻的“炮手”：“在工地人家根本就没把你当人看，还企求什么公平啊！”

2009年9月21日　晴

上午因为工资的事仍没说清（原因见9月20日的日记），我和“炮手”到外边转着玩。后来，我们走到了工地北边看起来很是有些年代的古庙前，一向爱烧香求神的“炮手”，非要我和他进去烧香。结果，走至门口，人家说要买票，价格是每人十元。我们虽然心疼那二十元钱，但“炮手”非常想进，就请求卖票的，说我们在工地干活儿，挣钱不易，能否照顾照顾，以每人五元的票价让我们进去。谁知，人家一脸不屑地把我们赶出了门。

这时，门口两个卖香纸和鞭炮的老太婆，劝我们说在门口旁边的大香炉里烧烧也可显灵。我向来不爱信神，便一口拒绝了；“炮手”却兴奋异常，马上掏出两块钱买了香纸。我想不到，这时另外一个没有卖出香纸的老太婆，竟死死缠着我，非要我也买两元钱的香纸。看她已是那么大年纪，我便买了。我更加没有想到的，是那两个老太婆见我们点了香纸，一溜小跑赶过来，又缠着我们要每人买一挂鞭，说这样关公才会真的显灵。这不明摆着在强卖吗？对此，我已心烦，态度强硬地予以回绝。让我很是气愤不已的，是看起来慈眉善目的老太婆竟突然沉下脸来，伸出一个小拇指头指着我说：“小气，连三元钱都不值（一挂鞭是三元钱）！”

哎，看来真是人人都钻进钱眼里了呀！回去的路上，我一边这样闷闷地想着，一边觉得自己真是太卑微了，就连那个穿着比我们好不到哪里去的售票的老汉和靠卖香纸为生的农村老妪，都那样看不起我们。

2009 年 9 月 25 日　晴

下午干活儿时，公司领导开着车到工地检查工作，他和项目经理从我身边经过时，看他好像一直在看我，出于礼貌和敬重，我急忙掏出廉价的香烟，准备给他们敬上。

然而，让我尴尬的，是我掏出烟，递到他俩眼前，两人竟看都没看，昂着头径直走了。我承认，自己的确只是一个没人会正眼看待的出苦力的农民工，但是作为一个人的起码的自尊心还是有的。所以，整个下午，我觉得自己的脸好像都是火烤着一样发烫；被人这样轻视的滋味简直要把我的心一绺一绺地给扯碎。

无独有偶。晚上“炮手”忍受不了工地整日清汤寡水的生活，想到外面买点猪头肉解解馋。结果，我们看他在路边颇为气派的那家饭店大堂，可能人家嫌其衣着破烂、形象寒碜而有损饭店形象或者影响他人胃口，一个领班或是老板模样的男子，一挥手，竟像轰赶乞丐一样地把他给轰了出来（当时，一位老乡还曾给“炮手”开玩笑，说他怎么花钱也花不出去,结果气得羞愤难当的“炮手”破口就骂了我的这位老乡几句）。

2009 年 10 月 1 日　晴

当日下午，“炮手”打完炮，我们摸到车站准备坐车往工地赶。

上了车，我们两个没有坐在一起，他在前我在后；落座没有多久，上来一位身材颀长的女孩，站在我们旁边看着找座位。我抬头瞟了一下，只见长发披肩的她，穿了一件白色的紧身 T 恤，蓝色的牛仔短裙，配着白色高跟皮鞋，整个人看上去十分清纯十分素雅，宛若琼瑶笔下的女子。也就是几十秒钟的工夫吧，这个女孩扭了下身子坐在了“炮手”旁边。

这个时候，我看到“炮手”回头向我笑——我知道，那是他在向我炫耀呢！虽没说话，但意思却表明了，他是想说：“老弟，你看你老哥多有艳福，走到哪里都有美女相陪呢！”我心不在焉地朝他竖了竖拇指，不曾想他却更得意了，“嘿嘿嘿”兀自傻笑起来，怪异的模样让他身边的那个美女朝他看了好几眼。

车，终于走了；途中，“炮手”接了一个电话，那个电话是工地上的老乡打来的，意思是问他借用这个老乡的洋镐放哪里了？现在他要用呢。“炮手”一时想不起来，呜哩哇啦地瞎胡侃。我明白缘由，一下想起“炮手”借用这个老乡的洋镐，并把它放到自己的床下了，便告诉“炮手”：“你不是把洋镐放到你的床下了吗？”“炮手”回头，憨憨地朝我竖了竖拇指。

就在此时，我没有料到，车上的人的目光，竟然一齐向我和“炮手”射来。那凛凛的冷色，分明透着怪异和不屑；而更加让我难受的，是“炮手”身边的那个美女，倏地站了起来，先是坐到我的身边，而后又迅速坐到了后面。

我的心也就很快地凉了，我知道车上人的目光还有那个我以为很是素雅也很是善良的女孩的躲避，都是因为我和“炮手”是农民工的原因；看着车窗外面苍茫的暮色，我觉得自己好像就是暮色之外的与世隔绝的人。

我在城市里走着

我在城市里走着

不敢昂首阔步，只能低头而行
卑微的地位
让目光胆小如鼠，飘忽游移
繁华和富有
还有根本不知何时流行不知何时消隐的前卫和时尚
不仅对我摆出嘲弄的眼神和高傲的姿态
还将我的自尊
击得粉身碎骨！

2009年10月10日　阴转小雨

上午正在干活儿时，资料员一声吆喝就把胆小老实的我叫了过去，说是帮他取样。

到了现场，才知道，我们要做的，是把白灰和素土（净黄土）按比例拌匀，然后用一个茶杯大小的钢圈垫实了装上土砸瓷实，最后称好重量装进塑料袋。我要做的，理所当然是把钢圈儿里的土砸实了这一较重的活儿。因为资料员还没吃早饭，他便不停地催我多用力快些砸。结果，因为要取四十个样儿，阴冷阴冷的天我累得额头冒汗、手腕发痛，还没有让年纪比我要小十多岁应该还是一个毛头小子的资料员满意——虽然他说他自己一个人取样，至少需要半天时间——也就是四五个小时，而在我的帮助之下，仅仅用了不到一个小时的时间就完成了。

在工地，就是这样，只要是项目部的人，不管是谁，不仅都可以随意支使工人，而且还敢随意取笑工人，我们只是出力的，根本没有地位可言；不知是不是被歧视怕了，或是自卑过度了，在工地，只要看见衣服穿得干净的人，工人们就会对其毕恭毕敬的，虽然衣服穿得干净真的是太平常太平常了。

2009年10月17日　晴

今天，工地最高的一栋楼（总共十二层）如期封顶，为示庆贺，中午还不到下班时间，领导层全都乘车外出吃饭去了。我们这些真正出力的一层一层把楼盖起来的工人，吃饭时每人只是领了一瓶啤酒。

我想，这个时候，领导不用给工人什么过多实惠的奖励，如果把工人召集起来，说几句鼓舞或是感谢的话，工人都会欣喜异常的。毕竟，这栋意味着整个主体全线竣工的楼宇，是工人经过数月出力流汗建成的，那里面浇铸着他们多少心血和汗水！此时此刻，还有谁会比他们更有感触呢？可是，这个意念，只是我的空想，我们除了一瓶签字领取的啤酒，不仅依然像平常那样干活儿，而且下午上工后，领导因为喝了酒，对大家吆喝得更凶了。

2009年11月14日　晴

昨天晚上会计来到工地，又给我们每人支了三百元的零用钱，上午因为积雪还未完全融化而仍然不能上工，几个老乡又结伴前往市区找小姐去了。吃过午饭，我一个人又信步走向了雪野。看着那清新的美丽的雪景，我难抑激情，静思片刻，写了首诗《雪野》。

在回来的路上，碰到了项目经理，远远地，我就赶忙恭敬地与他寒暄，结果，他打着手机，头也没抬就从我身边走了过去，又让我兀自一个人自卑、哀叹了许久。

雪　野

你以童话的方式
涂抹着季节的风韵
世俗的我，在你怀里
惊喜地，惊喜地寻觅那份纯真和澄澈
结果
我看到，蹦跳的小鸟
叽叽喳喳，叽叽喳喳
也在品读美丽的童话

2009年11月20日　晴

下午，我和“炮手”去市里买东西的时候，两个人正在街上走着，他突然指着旁边不远处一位靓丽的女子说道：“你看，那不是理发店里的女老板吗？”我循声而望，发现那个女子果真是我们工地附近一家发廊里的女老板，只是她穿得更加时尚，如果不留意，有些近视的我还有些认不出是她呢。

于是，向来爱和人套近乎尤其是爱和女人套近乎的“炮手”，便紧跑几步，满面笑容地和她打招呼；站在一边的我，这时看到漂亮的女老板只是点了点头，什么也没说，急急忙忙就走了，让“炮手”很是没有情趣地兀自愣在了那里。

“咋回事呢？去她理发店理发的时候，你看她对咱们多热情呀！”我明白“炮手”的心思，他是闹不清平素对我们那么热情的女老板，今天为何这样一种冰冷的态度？

他闹不清，但我却清楚得很——她平素对我们的那种热情，我想，只不过是为了生意而刻意表现出来的一种职业性的热情，其实，在心底她也是对我们很不屑的。这种不屑，今天她在人来人往的街上，已完完全全流露了出来——“炮手”那个不修边幅的样子，让人一瞧就知道是一个农民工，她怎么还会像在理发店那样对他热情如故呢？如果那样，不是太损她的面子了吗，在这个人来人往的街上？

返回工地，时间还早，想着理发店老板对我们的虚伪，我想起了另外一个女人，并觉得不吐不快，就把她给写了下来。

那个女人

那是我在广州做搬运工的时候，一天下午，正和同事小杨在档铺里盘点业务，忽然进来一个打扮入时、面貌靓丽的女人。她一进来，便落落大方地自我介绍，说自己是保险公司的，今天过来是向我们农民工兄弟介绍一下有关保险方面的知识，看我们想不想买她的保险。

闻听其言，小杨赶快搬来椅子，请人家坐下后，又热情地倒了杯水，认真听她讲了起来。后来，那个女人叫得可亲了，一口一句农民工兄弟，仿佛我们真的就是她的兄弟。临走，她问小杨买不买？小杨说：“现在我正忙着，你明天过来，咱们再谈这事，好吗？”那个女的就说明天再来。

结果，第二天，那个女人真的来了，身无分文的小杨与她聊了半天，最后又以“业务繁忙”为由将那女人打发走了。

让小杨意想不到的，是那个女人从此就像胶水一样粘上了小杨，几乎天天找小杨，劝她购买自己的保险。这时，憨厚的小杨才意识到问题的严重，一见到那个女人，就像老鼠见了猫似的，吓得四处躲避。那狼狈的样子，常常令我忍俊不禁。后来，没有办法，小杨只好一到下午就躲到别的档铺，干脆做起缩头乌龟。

别人都说做保险业务的人嘴能说有耐性，真是的。就说这个女人，见小杨下午不露面，就改为上午拜访，结果，一下又把小杨逮了个正着。咬定青山不放松的劲头，真让人佩服。

最后，那个女人一个劲地逼着小杨购买她的保险，她说小杨答应了她那么多次，让她跑了那么多腿，不买实在说不过去。语气里，明显带了强迫的意味。弄到这个份上，没有办法，小杨只好向人家道老底，说自己只是一个农民工，实在没钱去买保险。

闹了半天，原来是这个结果，那个女人突然就没了先前的热情与友好，柳眉一竖，厉声指责小杨："你这人有病啊，买不起就说买不起，为什么要耍我呢？"这时，恰巧那个女人的老公来了，明白事情原委，一下扑到小杨身边，一副怒气冲冲、欲揍小杨的架势。我看情况不妙，赶紧上前劝说，哥啊姐的说了半天好话，才把事情平息了下来。

这件事的最终结果，是小杨以二百元赔礼费为代价，得以彻底解决（我之所以说是彻底解决，是因为那个女人的老公放话说，小杨如果不把这件事情处理好，就别想在这里混下去）。

写完这些文字，我不由为小杨还有我们这些农民工低贱的命运而感叹起来——他那二百元钱，其实也是因为自己的弱小而被人家敲诈了啊。

第八章 伤痛

真的，刺鼻，窒息，没有任何防护措施；在工地这是稀松平常的事儿，没人会想起也没有人会在乎身体会受到什么伤害，建筑工人的身体怎能那样娇贵呢？我只能忍着呛人的灰尘，在硝烟中以不错身体健康为代价，来赚取那几十元钱。

2009 年 8 月 2 日　晴

没有想到，今天上午工长竟然会安排我去打夯，因为从来没有干过这个活儿，加上打夯机开关较紧，结果我在倒着打时因为一时没有关住开关，导致打夯机死死地把我挤在坚硬的水泥柱上，“嗵嗵嗵”几下就在右腿的大腿内侧砸了一道长长的血道，皮肤一下肿得老高。

下午，我想请假休息，可想到半天二十五元钱的工资，二十五元钱可以为可爱的儿子买一个玩具或是一包饼干，便忍着剧痛一瘸一拐地上工了。

想不到，和我一样上工的不只我一人，脚伤还未痊愈的老乡二亮也一瘸一拐地上工了。他是几天前不小心被竹胶板上的钉子扎住了脚后跟。那个地方虽说茧子厚不易伤，但二亮是从高高的土堆上面往下蹦落时脚被扎住的。在竹胶板上钉着钉尖朝上的好几寸长的大钉子，据说扎进去了大半截。后来，可能是沾水发炎了，二亮的脚后跟不仅溃了脓而且还肿得老高，为此他已经歇了好几天了。后来，看他走起路来一拐一拐的，我问他痛不痛？他笑了笑，说不痛是瞎话。都歇五天了，再歇还挣啥钱呢？

哎，在工地就是这样。大家较着劲似地你追我赶挣工日，受伤或生病了，很多时候都要带伤上阵，生怕自己的工日比别人差得太多了，“爱惜身体，珍爱生命”这一意识在大家眼里好像从来就没有过似的。

2009 年 8 月 17 日　阴转晴

今天晚上加班，七点半下班匆匆吃过晚饭，我们就又上工了。晚上的工作内容，全部是清理卫生，大楼明天要让甲方验收，卫生工作至关重要。我们在地上、墙上、窗户上刮啊抹的，一直干到凌晨五点再次吹响上工哨。偌大面积一层楼的卫生总算是按规定整完了。为此，我们六个人，个个累得腰酸腿痛、浑身乏力，我的衣服汗湿了一阵又一阵，深蓝色的裤子全部是圈圈斑斑的汗渍，楼屋里面太闷热了！有一阵，我们想坐在地板上歇一会儿，谁知一停工，有几个人立即打起了呼噜，吓得领班的赶紧吆喝着继续作业，他怕我们睡着了无法干活儿。这样的付出，得到的是什么呢？不过一个工日。劳动法规定的加班要享受更高的工资的说法，对我们来说，简直做梦。而且，连夜宵也没有。

更糟糕的，是我发现自己白天刚买的线手套仅仅一个晚上就破了（以前我用的都是三元钱一副的胶手套。虽然这硬邦邦的手套戴了再脱下来，不仅会有一种只有在医院里能够闻得到的强烈的刺鼻的让人极度恶心的来苏水的味道，而且能把手捂得煞白箍得痉挛，谁也不知道它到底对手指会有多大的伤害，但确实耐用，一副可管好长时间；只是今天上工时不小心把手指给弄破了，戴了那硬邦邦的胶手套给箍得钻心的疼，没有办法，只好买了一副柔软但不结实的线手套），虽然我知道这些手套价格不贵，仅有一元钱，质量肯定一塌糊涂，但我还是为此心疼了好大时候。

什么劳动保障啊，手套、口罩这些基本的劳保用品，都得自己买；不少工人为了省钱，就那么硬撑着干。手掌不讲，磨出血泡忍着，时间长了，可以磨出茧子，但刺鼻的灰尘顺着口、鼻钻进肺里，怎么消除？

2009 年 8 月 23 日　晴

上午被安排在楼层内清理卫生，我负责扫地，活儿虽然不重，但脏得要命，厚厚的尘土像弥漫的硝烟，不一会儿，我的全身就白了，用手轻轻一拍，灰尘便飞了起来。休息的空当，我被口罩捂得难受，摘下来擤了一下鼻涕，结果看到还是擤出来了浓黑浓黑的鼻团，像染了重墨似的。还戴着口罩呢，要是不戴，会是什么情形？

真的，刺鼻，窒息，没有任何防护措施；在工地这是稀松平常的事儿，没人会想起也没有人会在乎身体会受到什么伤害，建筑工人的身体怎能那样娇贵呢？我只能忍着呛人的灰尘，在硝烟中以不惜身体健康为代价，来赚取那几十元钱。

晚上，我到外面的小卖铺给家里打电话，妻子问我今儿个干的是啥活儿？我说今儿个的活不累，就是脏了些。妻子又问，多脏啊？我开玩笑说："多脏？你不是爱看电视吗，给你讲吧，就像电视里打仗时那些灰天盖地（家乡话，烟尘很大的意思）的镜头。""以后，人家再给你派这样的活儿，你别干了！"妻子突然有些神经质地劝我，搞得我有些丈二和尚摸不着头脑，问她为啥？"为啥？咱门儿后的国军哥儿仨，以前在铅锌矿上干活，因为肺里吸了太多的灰土，现在经过检查，全都得了吓人的肺病。人家说他仨谁也活不长，特别是他大哥，整日呼噜呼噜喘不过气儿，据说离死都不远了，他孩子为这事都不敢外出打工了，专等着给他料理后事呢！"真的吗？想到平日活蹦乱跳的哥儿仨，我很是不敢相信妻子的话。"这话敢瞎说？好歹他们干活的铅锌矿是公家的企业，听说人家给他们每人都补了十六七万元的钱。但人不行了，要钱有啥用啊。"妻子不无担忧地低声对我讲（我听得出，她心里已经十分难过了）。顿了顿，她又哀切切地对我说："不给你讲了，再讲就浪费电话费了，你记住我的话，以后可别再干那脏活儿了。那么脏，万一身子有个三长两短，咱自个儿受罪不说，私人建筑队，赔也没人赔啊。"我的心一下子就沉了，不知该说什么才好，只得怅怅地挂了电话。返回工地的路上，回味着妻子的话，我不由想起了国军他们哥儿仨。

这哥儿仨原本不在我家所在的庄上居住。他们以前都是住在深山里的。因为山里条件差人烟少，干啥都不方便，更重要的，是对自己的下辈没有好处，于是他们很早就出山了。起始的时候，据说是住在我们庄上附近的一个村里。我想，那个时候，他们或许就已经有了向我们庄上进军的目标（我们庄就在镇边，而镇子是我们那里方圆附近最繁华最富有的聚居地），那意图就好比农村的人想往城里住，城里的人想往市里住，有着当今向城市文明迈进的意味。为了实现他们的目标，哥儿仨自然要卖力挣钱了（说到这儿，有必要交代一下，国军哥儿仨国军为老幺，大哥和他都成了家，二哥因为有些憨傻而没有讨上老婆，和大哥一起生活）。

那个时候，钱不好挣啊，为了早日实现居住镇上的目标，哥儿仨就选择了到我们那个附近很是有名的那时还系市属企业的铅锌矿上的选厂工作。虽说累还有脏，整日要闻刺鼻的化学药水的气味，但工资高而且还有保障。几年下来，哥儿仨终于积攒了一定的钱款，于是，便先是颇有心计地在我们庄上租房，而后又买了他人的宅基地，先后建了两处新宅，进军镇上的宏伟目标至此终于如期实现（他们这一奋斗历程，曾让我们庄上的人一度赞叹了许久）。

我记得，建了新房之后的哥儿仨的日子可滋润了！国军和其大哥的儿子，因为在镇上居住且有新房，都很快娶了媳妇；国军和大哥均学会了经商，在镇上做起了小本买卖，再也不用去干那又脏又累的活了。有一次，我去国军他大哥家借农具，一进门，只见偌大院子里的两棵桂花树上，一溜挂了十多个鸟笼，蹦来蹦去的画眉婉转鸣叫着，真似一个世外桃源！

然而，听了媳妇告诉给我的消息，此时我又不得不感叹：穷苦一生的哥儿仨，当初的目标是实现了，但实现之后他们却可能难以像常人那样享受目标所带来的欢乐和幸福。这，多像我们这些农民工的命运啊！因为劳动保障的缺失，折腾一生，到头来可能都要落个浑身疼痛（生发此种感触，是因为我在平时早已听说工人们几乎每个人的身上都会有这样那样的日后可能影响身体健康的伤痕），难以安享天伦之乐。

当晚，心事沉沉的我，竟不觉倦意，很长时间了也睡不着，不停地思索着我，还有我的工友们的人生……

2009 年 9 月 6 日　阴转小雨

因为感冒未愈，喉咙发炎，强撑着干了一天，万分难受，甚至不想写一个字，让当天的笔记成为空白（歪歪扭扭写完这几个字，我倒头就睡了）。

2009 年 9 月 9 日　阴

今天下午，我和“炮手”因为天气较冷无法继续干活儿，只好向工地领导请求返回党校工地。结果，我们想不到工地领导竟说我俩干活儿很实在，非要我们干到工程完全结束。

这时，有些憨傻的“炮手”，不由发起了火，冲着经理嚷嚷说光考虑你们的工程，却不管我们的死活，不让走就罢工。闹得经理没有办法，只得答应为我们签工（签写出工天数之后，我们才能离开）。我记得，当自己拿着工本，毕恭毕敬请经理签工的时候，他铁青着脸，好长时间没有动笔。我怕他不签，赶忙从口袋里掏出香烟给他敬上，赔着笑脸说了一堆的好话，才算把事给办了——我真害怕，他还会像上次我们离开工地的时候，刻意刁难我们，让我们整整干等了两天，才把工给签了。

哎，我真是想不到，干出力的活儿，还有这么多的名堂，好像自己卖给了工地，人家不给你签合同，你却什么都得听人家的。

2009年9月14日　阴

下午上工后，听说一位工友下楼梯时，不慎跌落摔破了头。后来，见到他，看他头上和脸上裹着的密密实实的白得煞眼的纱布，不由开口问他："老哥，摔得那么重，不歇歇就上工啊？"他苦笑一下，轻声说道："包头就花了二十多元，已经算是贴了半天的工，再歇，不是贴得更多吗"（在工地，类似这样的事人家不会给我们记"工伤"）？

我被噎得无言——为了生活，他不是在拿自己的生命作赌注吗？

晚上，在厕所看到头上缠着醒目得有些恐怖的白色纱布的这位工友，走进宿舍，我在心酸的同时，无来由想起了在老家附近一个县城矿山上面做苦力时发生的一件事。

那年夏天，我在我们家乡附近一个县城的矿山上做苦力。

那个县城是一个人口仅有30余万的山区小县。那里虽然山清水秀、景色宜人，有著名的人文、自然景观，但真正让小县迅速崛起、声名大振的，是储量丰富、价格骤然高涨的钼矿石。有个事例，可以形象地予以佐证。

说是某个位于矿区的乡镇，面对濒临倒闭的镇办钼矿选厂，曾先后委派数名干部前去管理，结果，派来派去无一人愿意接旨。最后，一名镇干部被迫以承包形式接管，谁知，仅仅半年，钼价飞速上涨，这名镇干部在不到一年时间内，便赚钱过亿，惹得那些当初不愿前往的镇干部直骂自己猪头没眼光。

自古以来富可聚人啊。结果，许许多多的外地人员，开始慕名前来淘金、谋生。这些外来人员，有投资开矿的，有开店经商的，有进厂打工的，还有冒着生命危险上山进洞偷卖矿石的。事情是这样的：

那是一天早晨，刚起床，我们便从别人嘴里听到了一个晴天霹雳般的消息：昨晚有七名过暑假的小学生，结伴进入我们附近的一个矿洞偷卖矿石，结果，因为缺氧，进去之后竟有六名因窒息而死。

当时，我一下子就懵了——我为那些稚嫩的生命的消殒！嫩芽一样的生命，难道必须承载如此的生活重负？再后来，当我得知，那些向外滚滚输送财源的矿井，其实经常有死亡事件发生，有的矿井一个月之内竟然就会吞噬数条人命；我所熟悉的一个专门燃放炸药且持有作业证的炮工，竟然不可思议被炸药炸得体无完肤。听人说，他的所有的器官和肌肤，都是一块一块的，完全碎了（因为他死得实在蹊跷，我还专门以他为原型写了一篇短篇小说，题目就叫《狗娃之死》。由于觉得这篇小说实在具有写实意义，所以我就把它附在了日记下面），我更是感觉到了那些冒险谋生的生命个体的脆弱和卑微。

人们常说，人的生命都是平等的宝贵的。可由于生存状态的影响，那些为了生活而负重而冒险谋生的人，生命其实如草芥一样贱微。比如，我的这位工友，还有那六个进洞偷矿的小孩，我想，他们的家境肯定是相当拮据的。否则，他们不会冒那么大的风险。

狗娃之死

凌晨时分，狗娃戴了矿灯，提了炸药、导火索，哼着小曲向洞口走去。

正是隆冬时节，山风呼啸着，像无数条巨大的魔鞭，抽打得整个山谷仿佛都在呜呜哭泣。

狗娃却不觉得冷，“万人迷”鬼魅般的笑脸，像一团烈火，正在他的心窝熊熊燃烧……

这是一个小得已被政府划为限期关闭的钼选厂。但火爆的市场，使它过了期限，仍然生产着——有些事情，只要花钱，那期限就会像弹簧一样超长延伸。

因为特别小，工人也就特别少，仅有二十多个，除了“万人迷”，其余都是清一色的三四十岁的粗糙的男人。

事实上，“万人迷”完全可以不在这里务工，其一，她家境优越、生活富足，根本没有必要在这四周荒无人烟的破山沟里受罪；其二，这个选厂系其妹夫所建，因其妹夫在市区还有多个公司，她绝对可以要求到市区舒适的办公楼里面上班（其实，她妹夫已经多次劝她不要在这个选厂工作了）。

可她却一厢情愿地恋上了这个选厂。

秘密呢？恐怕只有她自个儿一人知晓了。她清楚，是她恋上了这里二十几个粗糙的男人。确切一些，是她恋上了二十几个粗糙的男人艳羡的更是饥渴的目光。

男人叫她“万人迷”，是恰如其分的。首先，已近四十的她长得的确漂亮，尤其那身段，被时尚的棉裙勒裹着，远远望去，像一个亭亭玉立的少女，没有一丝老态的迹象；其次，她喜爱浓妆艳抹、打情骂俏，浑身上下透着一股风骚和媚味，看男人，那眼睛总是勾勾的、辣辣的。

她好像天生般地注定了不甘寂寞——选厂二十几个长期看不到女人而看了女人似要喷火的男人，像磁石一样吸住了春心不老的她；被人那样看着，她觉得是天下最美的事了。

狗娃干爆破已有几年了，当初要不是家里穷得没了活路，打死了，他也是不会干这个活儿的。都明摆着的，累倒不累，但危险，危险得人一听到“爆破”，双腿就会不由地打哆嗦。好在现在爆破作业管理得严，而且炸药和导火索的质量也都过得硬，只要按章操作，绝对是不会出什么意外的。这样，干了几年，狗娃早已不怕了。况且，这个活儿工资高，一天能赚近百元，日工工资是选厂其他工人的两倍了。

一切就绪，就要点燃导火索，狗娃燃了一支烟，他总是用燃着的香烟点燃导火索。这时，他还在想“万人迷”那如花的笑脸和痴迷的眼神。

昨天是农历的一个节日，按照以往的规矩，选厂要组织工人聚餐。晚饭刚一开始，整日无所事事其实不过就是一个点缀的“万人迷”，照旧成了众人敬酒和吹捧的对象。那阵势，好像她就是这里的一切，她就是这里的主宰！

真是开心哟！有谁知道，这一刻，她已想象、渴望了好多天呢。

狗娃是上厕所的时候，看到“万人迷”醉酒的。漆黑的夜里，他先是在外边听到“万人迷”“啊，啊”的干咳，走近一瞧，发现门虚掩着，犹豫一阵，就壮胆走了进去。

那一刻，因为他什么意图也没有，只是觉得应该关照一下，所以，帮着倒了水，虽然看到“万人迷”微露着撩人情欲的红色的乳罩，和乳罩里面微露着的雪白的大半个奶子，仍是转身就要离去。

可这时，他没有料到，不知为何就醒了的“万人迷“，会冷不丁抓住他的手，放在自己脸上来回蹭着，喃喃细语道：“狗娃哥，谢谢，谢谢你了！不过，你知不知道，在这个厂子里面，我最看重的男人，就是你这个不爱说话的实心人啊！”

猛地，随着一股电流袭过，狗娃心里便打鼓了，“咚咚咚，咚咚咚”，响响的，乱乱的，着魔似的掉了魂。

三年了，“万人迷”什么时候正眼看过自己，现在说出这样的话，并且还把自己的手放在她光滑的漂亮的脸蛋上，意味着什么呢？这不是说我狗娃在她“万人迷”心里占有一席之地吗？

这话啊，要是搁在别人身上，说不准都会把它当做调侃的话的，可放在老实、本分的狗娃身上，就不同了，他看重，他在心里看重！

狗娃家里穷，因为穷，娶媳妇给耽误了。已经四十多岁的他，表面上看着是对婚姻失去了热情，可心里每时每刻都在火火地想着呢。人，终究是情欲之物，没有女人的男人，有几个不是这样？

狗娃热乎啊，热乎得直想哭鼻子，女人的魔力使他这个还知道女人为何物的男人，一时忘了整个世界，心里只有“万人迷”酥软的话语和妖媚的笑脸。

“轰！”随着一声撼天动地的巨响，依然痴想着的狗娃，便飞向了另一个世界——他在美美地想着“万人迷”的时候，不经意地点燃了导火索，因为想得实在投入，对“爆破”早已没了恐惧的他，竟忘了赶紧撤离。

“惨啊，惨啊！狗娃被炸碎了，胳膊肠子都是一截一截的。”厂子里的人大惊失色地说着，无不满脸恐惧。

是啊，他们有谁知道，其实狗娃是满脸甜蜜地离开了这个世界的。

只是，“万人迷”除了骇然还是骇然。

2009年9月23日　晴

这两天有一半工人回家收秋了，我们余下的这些人主要从事填土工作，昨天是十多个人和一辆铲车，由于人员相对多了一点儿，干起来并不怎么累。可今天，工地又租了一辆铲车，这样，为保证铲车不闲着，大家便只得不停地干。结果，仅仅半天下来，人人累得哭爹骂娘，说工地真是不把工人当人使，下辈子就是做牛做马也不能干建筑的活儿了。我听着他们的怨言，虽然也是十分气愤，可心里相对要平和一些，因为我知道，工地是不可能让工人轻松的，一天十几个小时，你只有满负荷地工作，人家才会满意哩！

收秋的工友，你们快些回来吧；回来了，人多了我们可能就会好些吧。

2009年10月2日　晴

当很多很多的人还沉浸在国庆盛典的激越之中，当很多很多的人刚开始欢度“十一”长假的今天，我和工人们又奔向了工地（昨天工地放了一天假）。干活儿时，一位比较年轻也许是才刚刚进入建筑工地的年轻人，嬉笑着说：“‘十一’长假上班，人家都是享受双倍的工资，我们恐怕还是那么多吧。”

“哎，咱哪能跟人家比，我干了几十年了，从来都没听说也没想过在建筑工地干活儿还能享受什么优惠，说得透一点，就是大年初一干活儿也是一天是一天！”一位已近六十的老工人笑眯眯地说道，完全是坦然和平和的神态。

听着他们两个人的话，我不知道别的工地会是什么样子，但我相信，在民营建筑企业和许许多多的包工队，干活儿肯定都是这个样子的，因为我们所在的这家建筑企业，已是已经上了一定规模而且很多工人还都评价说是一个条件相当不错的建筑公司。

此外，白天我在工地上看到了一个小孩，心有触动，便写诗附下：

咿呀学语的小孩

咿呀学语的小孩
你的出现，让我找回了自我
只看天色的劳作，还有清一色的汉子
使我失去做人的感觉
与钢筋混凝土一起混合成无情的坚硬

只是，蹒跚学步

你怎么会出现在没有一点儿童话色彩的工地？

无奈，沉重的无奈

难道你也和我一样

无法脱离苦难的命运？

2009年10月15日　晴

早晨，上工后，工长指派我们六个人乘车前往附近一个村子为村民筑路。由于路途较远，加上中午一吃过饭就要干活儿，负责人员安排我们在一个小饭店吃饭。结果，我们每人吃了一碗烩面，全都坐着没动。负责人员一看，知道大家都还没有吃饱，赶忙出去买了几个烧饼，赔着笑脸解释说："不好意思，你们就将就一下吧，按标准只能吃一碗面。哎，我也没有办法！"

于是，虽然吃了半饱，六个人也只好忍着了——公司有标准，怎么能难为他呢？只是，公司怎么没有想想，我们这些干活儿的，至少每人得吃两碗烩面！这样节省，工人还有力气干活儿吗？

2009年10月18日　晴（大风）

上午，我和三个老乡整理竹胶板时，工长突然把我们叫走，说是要卸车。远远地，我就发现那是足有十多米长、五六米高的一大车用于房顶保温的建筑材料。这东西，以前我曾卸过，重倒是不重，一袋不过四五斤，但不知是什么化学元素生产的，气味辛辣刺鼻，可以说，比化肥还要呛人。而且，轻轻一扬尽是粉面，弄到脸上或身上，瘙痒无比。因为这样，很多工人都不愿干这个活儿。我想，工长安排我们，肯定又是看我们四个人干活儿老实，而且在工地又没有任何靠山。

今天，对我而言，绝对是个倒霉的日子——当我们流着泪、打着喷嚏，好不容易卸完这车许多人不愿卸和卸时扬起的粉面把工长和货主赶得捂着鼻子跑得远远的货物，我因为实在难以忍受那种简直要令我们呕吐的气味，急不可耐地扒着车帮从高高的车上往下跳时，结果因为车太高还有地面太硬，竟蹾着了脚后跟，好半天不敢走动。后来，看我单脚跳着走动，工长竟然问我还能不能干活儿？在他眼里，也许我真的是一台机器了！我强忍着这种漠视，头也没回坚持着跳回了宿舍。

果然不出所料，吃过午饭，脚后跟便肿得老高老高，而且一揪一揪地痛。我不知道，不知明天会不会好？如果依然不好，我只有无奈地休息了。

2009年10月19日　晴

如我担忧的那样，脚后跟依然肿得老高，而且已经下不了床。幸好，两个老乡热心地为我倒水、打饭，吃喝好歹有人照应着。只是，大小便令我发愁。尽管我有意地最大限度地少吃少喝，特别是口干舌燥亦不敢多喝一口水，可半天总不能一泡尿也不撒吧？上午，我被小便憋得难受，下床想试着走动一下，结果，只两步，就撑不住了，趔趄着险些摔倒。没有办法，我只好在库房一角对着已被钉成墙面的竹胶板偷偷地呲了一泡尿。哎，住在一起的老乡，求你们不要怨我这样龌龊、不讲卫生，我真的是一时无法上厕所啊！

2009年10月20日　晴

脚后跟还在肿着，想想已经三天了，却还不能干活，我开始沉不住气了，不时地下床试着走动，可每次都只是两三步，真把人给急死了——少干一天，就少挣五十元钱，虽然我知道世上的钱是挣不完的，但是，每一个五十元，对我来说都是十分珍贵的，毕竟，我是在为养家糊口而卖力，这是最基本的生活需求啊！

老天，求你开开恩，显灵让我的脚快点好起来，让我继续担起一个男人最起码的家庭责任吧！

2009年10月21日　晴

令人懊恼的，是我的脚还不敢走动。躺在床上，看着外面明媚而又温暖的阳光，听着机器还有马达不停地轰鸣声，对这个我平时厌恶万分的工地，竟油然涌起了一种亲切而又美好的感觉。原来，失去了人身的自由，比出力流汗、吃苦受罪还要糟糕！此时此刻，我刻骨地体会到了一个人，如果能够自由自在地活着，是何等的美好和幸福！

如果伤愈，再次踏入工地，我想我的心境可能会淡定许多吧！

此外，昨天快要下班时，我看到工地领导吹哨召集工人开了会，今天想起，因为在工地干了将近一年，还从来没看到领导组织工人开什么会，便问老乡“会议是什么内容”？

他说，主要是强调安全，近期本公司工地及本市其他建筑公司，不时有重大安全事故发生，什么“卸塔吊时，四个人从上面掉下来，死了三个伤了一个”，什么“工地塌方 一下死了好几个人”等等，结果直听得我浑身发冷、心底发怵。对此，我不由地想，仅仅开了十几分钟的会，就算是强调了安全工作吗？我不知别的建筑公司是个什么情形，只知道这个已经上了规模成为集团公司在全省颇有名气的大型建筑公司其所属的我在其中务工的两个工地，还从来没有搞过应该定期召开的专题安全教育。特别是那些新工人，来到工地不管干没干过建筑队，都是安全帽一戴就上工了。别的不说，就讲钉子扎脚和高空作业这两档子事儿。我认为工长完全应该好好讲一下。因为这两档子事儿，在工地最易发生了。

工地上到处都是大大小小的竹胶板，而竹胶板上好多都带着尖利的钉子。这些钉子尖朝下还好说，但要朝上，毫无疑问就成了伤人的暗器。有时候，巴掌大的那么一小块竹胶板，上面也带了好几个钉子，让人防都防不住。我发现，在工地脚被扎这个现象几乎成了家常便饭。比如我的几个老乡，至今全都被扎过。而至于高空作业，那就更不用讲了。稍一不慎，就要出人命。

于是，我一边这样感慨：在公司领导的眼里，“安全”也不过是挂在嘴边的出事了或者是想起了就说说的两个字吧（不过，想到这个公司的规模和名气，觉得这个公司的其他工地也许会好些吧，而我所在的这两个工地只是个例外）；一边就想起了年初刚到工地时出事的那个工长——我记得非常清楚。因为那个工长看我干活儿实在还时常表扬我呢。况且，出事之前，他还曾经给我和“炮手”派了活儿。

那是吃了午饭上工之后，那位已经五十多岁的工长吩咐我和“炮手”利用电梯往楼上推灰打地面之后，自个儿一人就上楼了。后来，好像是干了将近两个小时的时候，技术员问我看到了工长没有？他说公司来人了，要找他开会呢。我说他给我们派完活儿上楼了，后来一直没看见。技术员便向楼上走去。过了一会儿，我突然感觉有些不对劲儿，只见好多正在干活儿的人突然不干了，纷纷向楼上走去。正在纳闷，带队的老乡对我说：“你们不是看到工长了吗？也上楼找去吧。公司的人找他开会呢，可打手机打不通，找了半天也没找到，现在领导让咱们都去找他。”也难怪，在十多层高的两幢大楼里面去找一个人，那可真不是一件容易事。不过，这个时候，大家谁也没有想到会有什么意外，在工地干了几十年的工长，怎么会有事呢？为此，还有人开玩笑说，不会是出去找小姐了吧？

发现事情的严重性，是天擦黑儿的时候。这个时候，百十号工人分批分组从最高的楼顶到最低的地下二层，里里外外、角角落落反反复复找了好几遍，也没有看到工长的人影。更加糟糕的，是他的手机一直打不通。当时，我看到脸色铁青的项目经理对大伙儿说，工长肯定出事了！

只是，他到底在哪里呢？就在我们开始议论纷纷的时候，项目经理说："去电梯井底座看看！"他刚说完，技术员一拍脑门道，哎，就这个地方没有想到。结果呢，去的人果真在那里发现了工长，而且发现他早已死了，头被摔得惨不忍睹，血流了好大一摊（听讲的人这样说，大伙都觉得恐怖极了）。他是怎么从电梯井摔下去的呢？这个恐怕永远是个谜。因为工人们谁也没有看到他是从哪层楼开的电梯门。最后看见他的人说在七层楼里看到了他。如果真是"最后"的话，那么他就是从七层楼上的电梯井口摔下去的；至于怎么摔下去的，正常的假设只能是他用电梯门上的钥匙打开电梯门之后（电梯此时肯定运行至七层楼之上），摔了下去。从空荡荡的七层楼高的电梯井一下摔到地下二层，下面是硬如石块的水泥地，光是想着就会让人汗毛倒竖！不过，我还想说的，是关于这个工长身亡一事的几个小插曲。其一，是工长那个时候正为儿子的婚事犯愁，原因呢，是他不同意儿子的婚事，但儿子铁了心要促成自己的婚事。当天下午，他上楼的时候，有人曾听到他打手机对家人说，儿子的婚事自己管不了了。这句话，明显带有不祥的意味。有人对此便调侃说工长掉进电梯井是命中注定的；其二，是他死后，那个电梯撞了邪似地出故障。据工人讲，电梯正运行着，要么会好好地突然停止，要么会突然一下子自降好几层（这些是真的，因为我自己在电梯里也遇到过）。对此，项目部的人以为是工长阴魂不散，有意在阴间捣乱呢，就赶紧在工长死亡的地方——也就是地下二层电梯井口烧纸放鞭驱赶阴魂。要不说世上的事有时巧呢，听工人讲，项目部那么一折腾，电梯果真就正常了，再也没有出过毛病（对此，我觉得肯定是渲染了，因为那些天负责安装电梯的施工人员都在不停地调试着呢）。

说了这么多，我想说的呢，其实主要就是一点：那就是安全问题在工地上确实没有引起大伙儿高度重视。打个比方，就说这个出事的工长，听老工人讲，按照规定，电梯在正式交付、投入运营之前，除了专业安装人员，任何人不得拿电梯门的钥匙私自开电梯门。我不知道他说的是否真的言出有据，只是自我觉得应该就是那样的，而果真如此，工长就是严重违反规定了。再往下推，主管生产和安全的工长都这样，那些斗大的字不识几个的工人是什么样的安全意识亦可想而知了！

2009 年 10 月 22 日　晴

我简直是要绝望了，歇了三天，脚仍是痛！想起当初那轻率地一跳，我真想狠狠地抽自己两个嘴巴。三天，加上今天，就是整整四天！进入工地，我还从来没有在一个月之内休息这么长时间的。要知道，这里什么都没有，不管出现什么意外，工地是从来不记发工伤工资的，这样拖下去，简直是在活活地折磨我。虽然脚伤明天明显难以痊愈，但我已在心里决定：今天再歇一天，明天不管如何，我都要上工，那个“出门就是做工挣钱”的许多工人都具有的由贫困的生活而衍生的强烈的意念，已难以让我再这样耗下去。

歇工的时候

歇工的时候
是想家的时候
这时，我不可抑止想起远方的妻儿

和白发苍苍的老母
儿的顽皮，妻的辛劳，娘的咳嗽
我一幕一幕回想着
一会儿是微笑，一会儿是眼泪，一会儿是酸楚
情感泛滥，恣意汪洋
歇工的时候
是焦虑的时候
这时，我不由自主想起出勤的工日
和微乎其微的工资
要盖的新房，日常的开销，娘的药费
我一遍一遍盘算着
一会儿是希望，一会儿是失望，一会儿是无奈
悲喜交集，汹涌翻腾
歇工的时候
是我活着的时候
这时我觉得
自己才像人
而不是
没有思维的机器

2009年10月23日　晴

脚虽然还很痛，但我真的咬牙上工了。一整天，我感到自己的脚后跟都是灼痛灼痛的，并且还有一种滚烫滚烫的肿胀感。幸好，和我一起干活儿填土的，是一个已近六十的热心的老汉，看我那样，他仅让我往小推车上装土，自己则和我一起把土装好之后，一个人推着土倒进要填

的坑里。看他因为上了岁数那么吃力的样子，我的心里非常感动。

2009年10月24日　晴

脚还在痛，仍然是撑着上工。下午上工后，走到施工现场，我才发现自己竟然忘带水杯了，当时，我一惊，暗想：完了，这下可是有罪受了。结果，不多时，因为工长就在眼前看着，我们极其卖力地干活儿；加上中午咸得发苦的冬瓜菜（只要工地人多了，每餐的菜都是这个样子），我干渴得喉咙直冒火。我想走回宿舍把水杯拿出来，可想到那其实也并不远但此时因为脚痛就显得很远很远的路，实在不愿受那份罪，就只好忍着了。此时，无来由地想起自己今年自从来到建筑队，起初在先前的市医院工地碰着了腿，现在在这个工地蹴着了脚，心里又是别有一番难言的苦涩。

2009年10月27日　晴

已经近两个月了，公司还没给工人发放零用钱，很多工人连吸烟、吃药的钱都没了。为此，上午看到在公司开车的一位司机前来拉钢管，很多工人不由围上去，争相询问他“公司什么时候给大伙儿发放零用钱”？结果，他说“本来这两天就要发的，可是会计因为有一点小小的私事走了，所以说只有等他回来才能给你们发钱”。

我听了，不仅为公司拖欠工人的工资而恼火，而且还为这位会计的职业道德而愤慨：明明知道工人都急着用钱，为什么不能先把工人的钱发了再去处理自己那可能是无关痛痒的私事呢？哎，在他这位工人近来日日夜夜都盼着快些来工地（只有发钱时他才会出现在工地）的财神爷眼里，几十个工人最起码的日常应急费用也许根本就不算什么吧？

2009年10月28日　晴

今天中午，会计终于来到工地给工人发放零花钱。其间，一位工人赔着笑脸对会计说："俺家里有事急需用钱，您看能不能给俺多发几百元钱？"会计板着脸说："不行，现在公司没钱，谁也不能搞特殊。"这时，那位工人见此情形，急忙对在一边坐着的工地领导说："经理，俺家里真的有事急需用钱，您看能不能给人家讲讲，给我多支一点？"还好，经理果然替那位工人说起了好话。这样，会计呆着愣了片刻，才极不情愿地给那位工人多支了一百元钱。于是，那位工人虽然因为仅仅多支了一百元钱有些失望，但仍然是十分感激地对会计说："谢谢，谢谢，谢谢你了！"我看在眼里，觉得真是不可思议——公司拖欠着工人的工资，每月有时甚至是两个月才给工人发放二百元零用钱，工人因为有事用钱反而要赔着笑脸艰难地讨要自己那用血汗换来的应该及时发给自己的工资！

晚上，"炮手"闲得无聊，便用手机与市里面常来工地推销建筑材料的一位衣着十分时尚的女人聊起了天。我听着那个女人，对于自己素不相识的见了面绝对觉着恶心的陌生男人，娇娇嗲嗲地聊了好久好久，而且还提醒"炮手"说以后给她打电话的时候如果她不接就不要打了，因为那是她老公在身边呢，不由为这个时代那些都市人的生活和空虚的灵魂而感叹了起来。

2009年11月9日　阴

今天早晨快要起床时，不知怎么回事，突然感觉头痛、恶心。那一刻，我觉得上午肯定是不能上工了。当时，我在心里感叹：哎，怎么这样倒霉呢，本来是憋着一股劲要多干几天呢，然而想不到麻烦事却这么多！因此，我不仅为头痛而头痛，而且更为将要少上半个或者是一个工而头痛。

后来，我找工长准备请假的时候，本能地在他门口徘徊了许久，最终我决定暂时先不要请假，等上工后看看情况再说，如果能干就坚持着干，如果确实不行再请假。我感到万分庆幸的，是上工后经冷风一吹，我的头痛竟渐渐好了。待到完全恢复正常，我便在心里一个劲地赞赏自己当时准备请假时的英明抉择。

第九章　冲突

这个结果，早在我的预料之中。因为离了你，人家的大楼照样要盖起来，用一位负责人员的话说，那就是「三条腿的蛤蟆不好找，两条腿的人还不好寻吗」？

我浑身的火气正火山喷发似地「突突突」乱窜，见此情形，一下扑到他们跟前，指着工长怒声吼道：「你们这么做还有良心吗？要是不给个说法儿，今儿个我不砸你们的锅我给你们玩儿命！」

2009年9月19日 雨

今天上午，和我一起出来干活儿的几个老乡，因为昨天晚上刚刚领了一千元的收秋款，全都叫嚷着去市里找小姐去了或疯着玩了，唯独我觉着没有意思独个铆劲在工地继续上工。结果，中午归来，他们一起对我发起了攻击，你一言我一语地拐着弯儿嘲笑我一天到晚就知道干活儿。我清楚，他们这样刻意地讽刺我，更加主要的原因，是我比他们多上了半个工。对他们，我是太了解了，典型的小农意识在每个人的心里都作祟着，他们请假玩你也得请假玩，否则，心里就不平衡了。因为，这样自己就比人家少了多少多少工了！

2009年9月20日 阴

今天我们一起出来的几位老乡，全都没有上工。因为干了将近一年，我们的工资还都没有明确（这家公司一直是平时只给工人发放零用钱，年底结账），大家怕到年底，给定低了又无可奈何，便去询问负责人员。结果，人家却不明确答复。这样，我们只好罢工，并决定若负责人员还不明确答复，就假意回家或到别的工地干活儿。

对此，我虽然知道工地不给我们定工资，而且也没签订劳动合同，都是违反《劳动法》的，但也无可奈何，因为我觉得我们这些外出干苦力的人，根本奈何不了人家，我们的力量和地位太弱小太弱小了；况且，像我们这样的情况，可能到处都是，政府会管或者是能管得了吗？

2009 年 9 月 21 日　晴

几位老乡与工地负责人员闹了几天，最终以失败而告终，今天早晨上工哨一响，大家全都灰头灰脸地拿着工具走到了工地。

这个结果，早在我的预料之中。因为离了你，人家的大楼照样要盖起来，用一位负责人员的话说，那就是“三条腿的蛤蟆不好找，两条腿的人还不好寻吗”？几个老乡也不想想，偌大的中国，有多少亿的人在从事着像我们一样低贱的工作？“认命吧，差不多就算了，谁让咱们没有本事而只能出苦力呢？”我先前说的这么一句话，最终得到了几个老乡的认可。

2009 年 10 月 26 日　晴

今天是重阳节，油然地，我就想起了“每逢佳节倍思亲”这句古诗，思乡的情绪在心中肆意燃烧了起来。上午，我和一位五十多岁的工人在一起挖沟，让我气愤并且心生感慨的，是这位老工人看我走起路来一瘸一瘸的，不仅没有给我丁点儿照顾，而且还不时偷懒，让干活儿向来实诚的我，忍着脚痛多干了好多好多的活儿。吃点亏对我来说其实没有什么，毕竟他也是那么大岁数的人了。只是，他那么大岁数的人了，待人怎么还是那样自私、冷漠，倒是让我寻思了许久。我想：一些有了岁数的人可能就是这样吧，他们生来自私成性，以致老了看上去应该是慈祥、和蔼的一个人，结果却仍然少有爱心、冷漠依旧，枉了“慈祥”这个应是属于常理的美好的修饰。

2009 年 9 月 29 日　晴

下午干活儿时，我和一位昨天才刚来的老乡开了一个玩笑，谁知，想不到他竟然勃然大怒，一把抓住我的衣服领子，说是想和我打架。后来，在别人极力劝说下，他才松开了手。

我闹不明白，这位老乡怎么这个样子？直到晚上，在另一个地方干活儿的老乡听说之后才解开了我心中的疙瘩——原来他是神经有问题。

明白了事情原委，我不由在心中感叹：在就业形势极其紧张的今天，门槛最低的行业，恐怕要数建筑队了，即便是憨子或者是神经病，都有可能在这里找到工作。

晚上，我们都睡了，唯独“炮手”一个人在听收音机（我们那个带班的老乡，看他一个人住在外面不安全，又把他给叫回来了）。看他把音量开得很大，一位老乡便劝他声音小些。想不到，他竟对那个老乡说，声音小了听着不过瘾；睡不着是因为不累，累了再大的声音都没事儿，直把那个老乡给气得直吹胡子直瞪眼。一会儿，那个老乡看到“炮手”上厕所，跑到他的床前抓起收音机把它给扔到了“炮手”洗脚后没有及时倒出去的满满当当的一脸盆洗脚水里。

看到大伙都在窃笑，我也不由笑了起来，只是我的笑里有着一缕说不出的苦味——我的老乡，这些脑子里缺根筋的主儿，很多时候，他们总是这样相互作践。

2009年10月4日　晴

上午正在干活儿时，技术员突然把我叫走，说是让我给一位叫做“张主任”的领导刷车。看技术员那点头哈腰的模样，我想这位叫做“张主任”的人，一定是政府机关的要员吧。于是，一迭声地说道：“没问题，没问题，领导放心吧，我一定会把您的车刷得干干净净的！”那份讨好的态度，丝毫不逊于技术员。

刷着车，因为身份卑微而从来没有想过也从来不敢想象当官的好处的我，终于感觉到：为什么那么多人都争着做官呢，原来当官的确让人受用！只是可惜了——这辈子我只能就这样以仰视的心态去羡慕人家了。

下午，一位戴着眼镜看起来很是斯文的工人，一边干活，一边给我们讲了一件关于小姐的故事。这个故事，我觉得挺让人琢磨的，就把它给记了下来：

他说，那是他在北京亚运村一条街上行走时意外结识的一个小姐。

那天晚上，他一个人信步走着，一个长发披肩、身材修长的女人，突然蹿到他的身边，一把挽起他的胳膊，急急地说："帅哥，帮帮忙！"

他闹不明白怎么回事，站在那里用惊疑的眼神问她。

"我是站街做那个的，你看现在警察正在'扫荡'，求求你赶快带我离开这里。"

顺着她的目光，他果然发现不远的马路边停着几辆警车，一些警察正在那里控制和盘问几个衣装艳丽的女子。

他便明白了，原来她是小姐，此时此刻她想让他做自己的"应急男友"，赶紧带自己离开这个危险的境地，以逃避警察的打击。

他觉得有些可笑，也觉得有些肮脏，还觉得有些害怕，担心警察万一看出破绽，把自己给牵扯进去，但看她长得十分漂亮，此时因求助、恐慌而显得很是哀怜，男人本能的侠性和骨子里些许的坏意，使他迟疑片刻，终于揽着她的腰，抬脚从警察的眼皮下面向远处走去。

庆幸，他们终于脱险了；望着那红灯闪闪的警车，一向安分守己的他却突然又有了一种罪恶的感觉，急忙挣脱她的手，要和她告别。

然而，他没有想到，她竟然会对他说："多亏你帮忙。要不，我可能就进去了。做人得有良心，这五十元钱你拿去买烟抽吧。"

他想不到，她会知恩图报——因为，在他的意识里，那些小姐从来都是认钱不认情的。

于是，突然之间，他便对她有了好奇，不由脱口问她："干什么不好，为什么非要做小姐呢？"

"哎……"她幽幽地叹了口气，在他们身边供人休息的草坪旁，娓娓向他讲起了她的故事。她说，她的家在东北。她之所以变坏，起先缘于丈夫，缘于不仅嗜赌如命而且动辄对她拳来脚往的那个男人。

后来，村里那些在外做小姐的女人，看她家里因其丈夫赌博而穷得揭不开锅了，便劝她外出卖身（她告诉他，说她们那里因为贫困，村里有不少女人都在外边干这行）。

她对他解释，说她当初曾经是非常看不起村里的那些"兔子"的（她们那里称小姐为"兔子"），可是被逼到这个份上，再正正经经地做人，觉得已经没啥意思，就懵懵懂懂地认了命似地跟着村里的那些女人外出了。

她说她第一次在宾馆里陪人睡觉，完全是一种苍白、麻木的感觉。早晨起来，她竟然没有向那个男人要钱，就让他走了。后来，还是那个男人良心发现，重又跑回来给了她二百元钱。就这样，慢慢地，她在心如死水般地生活感觉里，完成了从一个好女人到坏女人的转变。

他想她的故事并没有什么令人感慨的，因为在这个日益注重物质的社会，她不过是许许多多因为贫穷因为无奈而走上卖身之路的女人的一个缩影。这没什么，不少衣食无忧的女学生都已经开始靠身子谋求生活了，生活无望的她，又有什么令人不齿的？他对我们说。

附：听完那个工人讲的故事，我的心里仿佛堵了一团棉花，闷得喘不过气来。

2009 年 10 月 16 日　晴（大风）

今天，我们依然在外工作，休息之时，六个人天南海北胡侃了起来。

其中一人说道，他的一位老乡，原先也是一个农民建筑工，后来成了一个大老板。他发迹的窍门,是卖掺了假的香油(以水兑油)卖发了。后来，有人插话问道:“人家卖假香油发了财，你知道里面的窍门，为什么也不去卖呢?”他笑笑说道:“不行啊，咱太老实了，挣不了那个昧心钱!”

我听了，望着他黝黑、憨实的面孔，不由在心里感叹：是啊，像我们这些老实巴交的农民工，怎会干那看似聪明实则害人的生意呢？不管怎么吃苦，我想，我们起码的底线，是要求个心安理得。

后来干活儿的时候，不知是不是触景生情的缘故，我竟然莫名地想起了自己曾经做过的一件感觉十分愧疚的事情。而且，可能真的是太过实诚了吧，竟久久难以释怀。那件事，是我对一个老板的愧疚。经过是这样的：

那是刚刚退伍之后，正在北京务工的我，有一天突然接到家人的电话，说是我们市里一位老板，想请我到其公司工作，不知我是否愿意?

原来，这个老板曾经也是一名军人，转业后被安置在政府有关部门工作，因为不满足于现状，便辞职开了一家公司。因为那个时候，正是个体私营企业刚刚兴起的时代，他的公司很快便发展起来了。为扩大规模，他开始四处网罗人才。

或许是对退伍军人情有独钟吧，一开始他便把招聘范围放在了退伍军人这个圈子里面。结果，他到我们县城查阅刚刚退伍了的五百多名复员军人的档案，一下子就把我给圈住了(我不仅入了党，而且在部队还曾经立过三等功)。后来，他不远百里，亲自驾车赶往我那位于穷乡僻壤的家里，进一步打探我的情况，并恳切请求我的家人能够劝我到其公司工作。

山里人厚道，看他这个大老板亲自开车到我家请我工作，自然惊喜万分，马上就把情况告知了我。

当时，我正是心高气傲、满腔热血的年纪，一门心思梦想着要干一番惊天动地的大事业，听到这个喜讯，马上就从北京赶回了老家。

那天，和他见了面，在他家里，他不仅盛情款待了我，而且还信誓旦旦地对我许诺：只要跟着他踏踏实实地干，绝对不会亏了我。

于是，看他对我如此看重，我感觉自己的前程一片辉煌，心中刹那间便溢满了豪情；而及至进入公司，起始他对我的确不错，总是带我东奔西跑、四处应酬，想方设法让我尽快熟悉公司业务流程和内部相关情况，对我真的有着马上就要委以重任的意味。

但是，没有多久，他又对我讲："小姬，我看你太年轻了，出于长远发展的考虑，我建议你还是应该从基础做起才好！"——明确地讲，也就是说他想让我到他的一个洗煤厂里锻炼一下。

我记得，当时看我有些疑惑，他急忙给我解释，劝我不要多想，说真的是想重用我才这么做的。

也许是我太年轻了，也许是我太近利了，对他的话我虽然没有什么怀疑，可心中仍然有着难言的失落，况且洗煤厂的条件又是那么的差，一天到晚即使什么也不干也是灰头灰脸的，与在市区坐在轿车里跟着他风风光光地跑，绝对天壤之别！而因此导致发生让我至今依然深感愧疚的那件事情，是在一个多月后的一天中午，我返回市区公司总部办事，在空无一人的办公室里和朋友打电话，因为心情黯然的原因，不仅一股脑地说了他的很多不是，而且还情绪激动地在电话里把他骂了个狗血喷头。

那个时候，我做梦也没有想到，平日就在隔壁办公的他，不仅恰巧就在办公室里，而且又恰巧抓起话筒欲打电话，于是，因为两部电话串机，我的所言所语，他便清清楚楚地听到了。

结局，自然很尴尬很尴尬；但让我后悔莫及的，是他面对我的那种神情——他先是看上去很是痛苦地对我说："小姬，今天我拍着我的良心对你讲，我是真心想好好培养你真心想好好重用你的，谁知……"我清晰地看到，他那扭向一边的脸孔，不仅痛楚地变了形，而且眼里还盈满了泪水……不知过了多久，他稍稍转过了头，又一字一顿地对我说："小姬，不管干什么，你要记住，最重要的就是诚信二字！你还年轻，要走的路还很长，今后一定要记住这两个字。"讲完这些，他的脸就又扭过去了。我想，那是他不愿让我看到他的眼泪吧！

最后，我虽然主动辞职了，但想着他那因为我的背叛而心痛的神情，心中非常非常地沉重，觉得很是对不住他对我的培养和对我的器重。

我不知道，是不是那件事对我的影响太大太大了，以后的那么多年，我不仅深深记住了"做人做事要稳重"这几个字，不仅再也没有那样在背后凭着臆想或是情绪而胡言他人的哪怕是半句的不是，而且听说当初和我一同进入公司的几个毛头小子，在那个老板的关照下现在大都已是事业有成，大都已是相当发达，为生活还在四处奔波、苦苦挣扎的我，依然只是深深的愧疚而没有丁点儿的遗憾。

——也许，这就是我们农民工的本性吧，此时此刻，我这样感想。

2009年10月29日　晴

早晨上工后，我以为自己还会干昨天没有干完的活儿（正常情况下，一般都是这样的），结果，工长却给我安排了另外的活儿。我很是不解，加上自己在工地向来对所干的活儿都非常负责，就对工长说道："我昨天干的那些活儿还没完呢！"这时，工长急忙把我拉到一边，看上去有些无奈地说："你干别的吧，你的那些活儿我得让老李的儿子去干。"顿时，我马上明白了：原来是保管的儿子到工地做工了，因为保管在工地是有靠山的人，人家的儿子到工地务工，工长就得找较轻的活儿给他干（我昨天干的活儿恰好就是较轻的活儿）。这样，我心里虽然觉得有些不太舒服，可想想这个社会到处都是这个样子，很快也就释然了。

2009年10月30日　阴转小雨

今天是农历9月13日，工地附近的一个村子，如期举行一年一度的大型庙会，工地上的工人，好多都请假看戏去了，我因为脚痛行走不便，只好留在工地继续干活儿。其实，这个庙会，我已盼望很久了，由于在工地休息了也只是躺在床上睡觉，所以即便有时很想歇息一下，但想想只是无聊地睡觉，我一直最大限度地坚持上工。而这个很早就已经听说了的庙会，我是打算好好看一看的。谁知，盼了那么长时间，竟是如此结果。我觉得，人生也许大抵如此吧，我们越是刻意渴望某些东西，而最终却越是容易失去这些东西。不过，庆幸的，是因为工地上干活儿的人很少很少了，结果工长给我安排了一个只给拉土的司机发放票据的我做梦想都不敢想的轻松的美差。我虽然知道，这并不是工长有意关照我，还有我的脚可能因为未愈而连日劳作好像是肿了，即使站着也是酸痛酸痛的，但心里已经决定等脚伤好了，一定出去给他买两包烟（从小到大，我太过忠厚和耿直的性格，容不得我欠别人的一丁点儿的恩惠）。

2009年11月5日　晴

早晨，上工哨吹响之后，工长照例集合队伍分派工作。这时，我听到人群里接二连三地传来了“咳咳咳”的咳嗽声，此起彼伏，壮观极了——莫非，他们都有哮喘病？如果这样看来，冬天真的来了，看着这个几乎全是清一色的老年人的施工队，我一边为这家建筑公司担忧起来，一边就想起了几天前一位工友和“炮手”说的两句笑话。那个工友说，我看，咱们工地应该制作一面大旗，上面写上“某某集团某某工地老年突击施工队”，插到工地的大楼上；“炮手”说，以后要是咱国和别国打仗，干脆把那些五十岁以上的老家伙全部武装起来，强行送到战场，既能挡子弹，又能帮国家减轻负担（我记得，他说这句话的时候，周围那些干活儿的老工人都气得直翻眼，结果，又无可奈何，最后竟不由笑了起来）。

脚还很痛。白天干活儿时，几个工人在一起说的还是裤裆里的那些脏事（什么现在很多退休的老头，因为闲来无事、生活富足还有精力旺盛，没事都喜欢找小姐了等等），觉得没什么意思，只好勉强写这么几个字了。

2009 年 11 月 6 日　晴

今天在工地上捡了一张报纸，拿起来仔细看了看，原来是《大河报》。从年初至今，这是我第一次看到报纸，所以，喜看书报的我，立即怀着极其愉悦的心情，偷偷跑到厕所装着解大便的样子，一字一句看了起来。那上面，其中有一个版面，报道说著名歌手陈琳坠楼身亡了。对此，我不仅像许多许多喜欢听她唱歌的人那样，感到震惊，而且还产生了一种异样的痛惜——那么幸福、美好的生活，就那么戛然而止了。而我们这些人，要是能过上一天像她那样肯定是衣食无忧的舒适的日子，也算是没有在这世上白活一遭。我想，这可能显得非常庸俗，但我觉得，人的欲望应该都是与身份相符的（比如一个饿极了的乞丐，他的欲望可能就是随便填饱肚子），我们这些人还敢有什么欲望呢？

2009 年 11 月 17 日　晴

天气虽然晴了，但最高气温仍然只有 −1℃，工长安排我们六个老乡全天清理两大堆冰雪覆盖着的钢管。早晨上工后，冻得发僵的手一触到冰硬的钢管，就觉得钻心的凉。我们干着，几乎每搬运开一根钢管，都要用嘴里哈出的热气暖一暖僵硬的手指。其实，在那么冷的天，别说是真的动手搬运冰雪下的钢管，就是听一听这要干的活儿，我想在心底也会本能地打寒战呢。下午暖和了，可冰雪融化后，到处泥泞，别说拿东西了，就是赤手空拳走来走去，黏稠的泥巴沾在鞋上，深一脚浅一脚地已是相当吃力。好在我们人多，那样艰苦地干着，到天黑儿总算完成了工长交给的任务。

晚上，我从工友那里找了一本书名为《短信笑话》的该市一家妇女医院免费赠阅的内刊，翻开一看，发现净是俗不可耐的黄色段子。我虽然只是一个没有什么文化的农民工，但看着那些玩意儿，不仅觉得无聊、没趣，而且想着赠给了许许多多的人，不知它要散发多少霉气呢！哎，这个世道，现在好像除了男女裤裆里的那点烂事，什么都吸引不了人们的眼球了。

2009年11月22日　晴

今天，要给我们清算工钱了；一年的苦与累，一年的辛酸与委屈，一年的伤痛与屈辱，一年的牵挂与思念，在这一刻终于化为乌有终于烟消云散——宽敞的会议室里，大伙的脸上不仅全都浮着笑意，而且那笑意看起来是那样的灿烂是那样的开心是那样的幸福！

然而，在这一刻，我没有想到我和“炮手”的笑意竟会突然僵滞竟会突然消失。

什么情况呢？我们年初来到工地的时候，项目部的人就承诺，说收麦收秋不回家的，每人补助一千元。一起来的现在还在这个项目部务工的人，只有我和“炮手”收麦收秋没有回去。结果，项目部的人后来又告诉我们说，收麦收秋如果不回家将要予以补助的说法今年让上面给取消了，但鉴于我和“炮手”干活比较实在的情况，年底清算工钱的时候可以酌情加补。那个时候，我和“炮手”因为心实什么话也没讲，依然一如既往地实心实意地干活儿——那么大的工地，人家会在乎我们这几个小钱吗？我俩在心底都是这样想的。

现在，现在呢？我和“炮手”过去签字、领钱，却发现两人的日工工钱也是五十二元（日工工资五十元，两元是路费补助；路费补助据说干满一百个工才能享受），和别人一样多。这，岂不是加补泡汤了吗？憨傻的“炮手”，一下就火了，又是狼嚎似地咆哮起来：“老子不领这钱，你们当官的要是不给个说法儿，我马上把锅给砸了，让你们吃个球！”见他真的往厨房走去，刚刚从另一个工地调过来的个子高高的工长，一把抓着“炮手”的衣服领子，恶狠狠地讲：“你再闹事，老子现在就把你给废了！”想不到“炮手”一下给吓住了，瞪着牛似的一双大眼惊恐而又哀怜地向我求助。

我浑身的火气正火山喷发似地“突突突”乱窜，见此情形，一下扑到他们跟前，指着工长怒声吼道：“你们这么做还有良心吗？要是不给个说法儿，今儿个我不砸你们的锅我给你们玩儿命！”也不知是我的怒气镇住了工长，还是拼命的凶相吓住了他，我看到他倏地就把“炮手”给放了，并说有事好商量，别在工地瞎胡闹。

顷刻之间，老乡们都过来了，明白缘由，都劝我不要感情用事，赶紧给去了朔州的领队的老乡打个电话，让他给建筑公司的领导通融通融，想办法把事情给解决了。

面对大伙热心而又关切的劝说，我再也抑制不住心底的悲楚，忽然蹲下身子抱头大哭起来——其实，这个时候，我心底的悲楚，不仅仅是因为那几百元钱啊！为什么，为自己的实诚，为自己的弱小！因为实诚，因为弱小，我们像孩子似地听从他们的吩咐，在工地卖力干活，在工地拼命干活，结果到头来却被人家像欺骗孩子似的欺骗，我们还能算是一个男人吗，一个三十多岁的应该能够为自己能够为他人遮风挡雨的男人吗？试问苍天，此时此刻，我的可怜的自尊在哪里，我的生存的能力在哪里？

老乡不解，纷纷劝我别这样为那几个钱伤心了；“炮手”不解，哭着号啕：“放心吧，他们不给咱个说法，我也和你一样，跟他们拼命！”

我的悲楚便更加悲楚：为自己，也为他们。

2009年11月23日　晴

到底是一个乡里出来的。看到我和“炮手”的工钱未结，几个老乡说等我俩的工钱结了一块儿回——浓浓的乡情，让我觉得特别温暖特别亲切。

整整一个上午，在朔州干活儿的那个领队的老乡，一直不停地和他认识的这家建筑公司的有关领导和负责人员打电话反映我和“炮手”的工资之事。最后，他说如果不把我和“炮手”的工资给解决好了，以后再给公司领人可就不好领了。至此，也不知是他们觉得确实是自己理亏了，还是出于像我那个领队的老乡讲的那样“为了以后好招人”的目的，他们终于答应为我和“炮手”的日工工钱增加两元。我和“炮手”都干了二百多个工日，除去平日发放的零用钱，我领了整整一万元，而“炮手”因为嗜好打炮，只领了五千多元（对此，我想戏谑一番，不料当他听我说了“因为打炮就落了那么一点钱”之后，竟让我无言以对地如此反击：“你说少，是吗？那我问你知道咱们小庄村的某某某吗？”我说不知道。他说去年某某某和他们一起出来干活儿，到年根儿回家的时候，连路费都没了。钱弄哪儿了，都送给小姐了！我知道，他的话肯定没错；因为没错，我便真的不知该说什么才好）。

我们终于胜利了；只是，对于这场胜利，我怎么也感觉不到喜悦和激动，捧着一万元钱，我仿佛捧着一座山，一座用血汗、辛酸、屈辱堆积起来的无形而又沉重的山。

晚上，那个在朔州干活的为我们的工资而上下求情的领队的老乡，打电话给我说，为了来年的生路，别把事情弄得太僵了，要我和“炮手”给项目部的领导们每人买包烟。他还说，不管怎么讲，人家总算把问题给解决了，咱不能没礼数啊！

我清楚，他的话是有道理的，别看我们在这里闹得这么凶，来年，如果没出路，不还得求人家？这个时候，我才猛然觉得这才是我们真正悲哀的地方——不想干，不愿干，还得干，一家人最起码的生活还得去保障啊。待在家里，靠巴掌大的那么一点儿地，恐怕连温饱都解决不了呢（我们那里是山区，本来就没有什么可供耕作的土地，现在搞开发搞建设，土地几乎流失完了）！

我只好“喏喏”地答应，虽然这答应就像无奈的潮水搅得我稀里哗啦地难受。

附：让我感到意外的，可能是我和“炮手”确实在工地干活实在，也可能是人家来年还想让我们来干活吧，项目部的几个领导见到我和“炮手”给他们递烟，谁也没有因为我们的闹腾而翻脸而不满，这让我因准备挨批挨训而忐忑不安的心得到了很大的抚慰。

第十章 温暖

那十元钱，我觉得那是别人对我劳动的尊重和赞赏，渺小的我，好像因为这十元钱体会到了自身的价值！虽然，这种价值是用力气搏来的。

晚上，我没有想到，为了欢度中秋节，工地竟然给我们每人发了四个苹果和四个月饼。

2006年8月26日　阴转晴

上午干活儿时，领导安排我和另外五个刚从另一个工地调过来的工人，帮着一位给工地供应瓷砖的女老板装工地没有用完的瓷砖。我没有想到，这五个人干活儿竟然能油滑到了让我实在难以忍受的地步，他们磨磨蹭蹭，动作慢得像蚂蚁，本来不到一个小时就可干完的活儿，我们竟然干了将近两个小时还没有干完。后来，那位虽然怀着身孕但面貌看上去依然十分漂亮的女老板，因为急着要走，便不停地请求说我们能否快一些？看着她那因为急切而让人怜惜的模样，早已无法忍受这种对我来说几乎是对不住自己良心的油滑行为的我，一个人快速干了起来，使出浑身力气，搬着需要两个人抬运的成包的瓷砖，呼呼跑了起来。这时，那五个工人之中其中一个看上去十分调皮的小伙儿，对女老板开玩笑说："人家干得那么卖力，待会儿你还不给他发些小费？"

"给，待会儿我肯定给他！"女老板亦笑着说。当时，我一点儿也没有在意，因为帮她装货是工地安排的，人家凭什么要给我们好处呢？谁知，装完货，我将要离去时，她叫住了我，看上去十分感激地说："师傅，刚才你辛苦了，这十元钱你拿去买包烟抽吧！"我说"不用给，不用给"，她硬把十元钱塞到了我手里。这一天，我疲惫而又麻木的心，便突然激动了起来——那十元钱，我觉得那是别人对我劳动的尊重和赞赏，渺小的我，好像因为这十元钱体会到了自身的价值！虽然，这种价值是用力气搏来的。

2009年9月22日 晴

今天值得一记的，是我在工地看到一个非常漂亮的四川女孩子，也和我们一样在工地干着脏累的活儿之后，心中立即涌起了一种敬佩之情——我想，像她这么年轻漂亮的女孩子，如果堕落的话，那么，一天赚的钱，恐怕要抵得上她在工地十天的收入。我不知道，自己怎么就这样低贱地联想了起来？只是，像她这么貌美的女孩子，能在工地干应该是男人去干的脏累的活儿，现在真的是太让人难以相信了；那么多的女孩子，不都在出卖着自己的灵魂和肉体吗？

工地上漂亮的女孩

她有着很好的身段
脸蛋长得也耐看
穿了朴素的衣服，依然靓丽
她干得很卖力
推起车，呼呼风快
力度与速度，一点不逊男人
而且
红润的脸上还总挂着甜甜的笑
我便觉得
她应该让人钦佩和赞叹
因为，像她这样的女孩
可能很少很少了

2009 年 9 月 30 日　晴

今天我的心情格外愉快，干起活儿来也觉得特别轻松。我知道，这是因为明天就是国庆的缘故。建国六十年，举国大欢庆。作为一个炎黄子孙，虽然只是一个渺小如尘埃的农民工，我亦早已向往、渴望着这一天。

明天，明天，不管工地放不放假，我一定要歇工观看大阅兵那雄伟、壮观的场面，和亿万国人一起为祖国的强大和崛起而欢欣而骄傲。

晚上，我没有想到，为了欢度中秋节，工地竟然给我们每人发了四个苹果和四个月饼。东西虽然不多，但在这几乎体会不到一丝关爱的工地，却使我感受到了久违的温暖。

2009 年 11 月 15 日　阴

没有想到，那么冷的天，工长竟然又吹响了上工的哨子。没什么活儿可干，他只好安排我们清扫楼顶的积雪。干活儿时，一位戴着眼镜的工人，突然对我说："小伙子，你可是个好人啊！"我一愣，闹不清怎么回事，笑着说道："师傅，你认错人了吧？""没有，没有！大概是你忘了，那是夏天我们调到你们干活儿的市医院工地，当时工长安排我和一位工人到你们的宿舍住宿，结果很多人都因嫌人多而不乐意让我们两个人在你们的房间睡觉，只有你开口说'大家出门在外不容易，既然是领导安排的，那就将就着住吧'。"他笑眯眯地解释说。

原来就是那么一句话啊！我便不在乎地说："没什么，没什么，这有什么呢？""不，虽然仅仅是那么一句话，可我不仅当时觉得特别特别暖心，而且还深深地记住了你这个人。"他满脸虔诚的模样，让我觉得他说的话肯定都是真心话。这时，天虽然很冷，可我心里却觉得热乎乎的，我想他所说的真的是应了"勿以恶小而为之，勿以善小而不为"这句朴实的格言——做人，还是为善为好啊！

2009年11月19日 晴

今天日记的内容，理所当然应是下午装钢管这件事。因为泥非常大，大卡车无法倒向正处于下坡路的钢管旁，我们只好穿着雨鞋一根一根地往几十米远的卡车上背运。结果，我们走着，雨鞋上面沾满了泥巴，重得走不动不说，陷进泥里，拔出来就要费好大劲。那一摇三晃的模样，使我想起了幼时在电影里看到的革命烈士拖着沉重的脚镣艰难迈步的情景……

因为那样干着非常吃力、缓慢，将要下工时，工长看我们几个人装了还不到半车，急忙召集全体工人一起装钢管。这时，我看到大家争先恐后、不顾严寒、齐心协力奋战的情景，内心忽然就有了一种感动——我知道，此时此刻，他们之所以那样卖力，完全是农民兄弟那种朴实的天性使然。

这个时候，在他们心里只有一个念头，那就是：天快黑了，咱们得赶快把车装好。我这样认为，不仅是我自己就是这么想的，而且此时此刻工长因为有事根本没有在现场监工，大家那种劲头的确是自觉涌现出来的！你看，那些年长的那些年少的，那些油滑的那些实在的，全都铆足了劲拼命似地干。有几个回头抬钢管的工人，因为路滑因为太快，结果摔倒了。这时，只见他们站起来，拍拍屁股上的泥，又急急火火干起来。不知是谁喊起了“加油，加油”的口号，结果大家一起“加油，加油！”高声吆喝起来。寒冷的旷野，抬眼望去，每一张黝黑的肮脏的脸庞都淌着热汗，每一个臃肿的寒酸的身影都裹着泥浆。

看着这个是绝对突击一样的镜头，不知怎的，我竟然有种暖暖的却又想哭的感动——此时，我刻骨地感到，我的工友们，我的这些有着这样那样毛病的工友们，在心底，在人性的心底，其实他们还是善良和朴实的；他们的这些善良和朴实，在某些时刻一定会迸发珍贵的人性的光辉！

我相信，我的这种感觉肯定是真实的——因为，我又看到，虽然早早过了下班时间，天色已是一片漆黑，融化的泥土都又重新冰冻了，可是装完车几十个人不仅谁也没有一句怨言，而且几乎每个人的脸上都浮现着憨憨的甜甜的笑……

第十一章　业余生活

老实巴交的工人，也有精神上的追求呢！虽然，这种追求被没日没夜的劳作苦苦压制着，几乎已被湮没。

酒，酒，酒！都是你惹的祸。回到宿舍，想起这些事，我既感到恼火，又感到无奈——在这里，不喝酒，还能干什么呢？我小姐或是睡觉？但也不能总打炮总睡啊。再说，不喝酒，那满身的疲惫和满心的压抑，怎么排遣呢？

2009年9月15日 晴

吃过晚饭，听说附近一个村子有晚会，我和许许多多的工人一起前往观看。说是晚会，其实就是某户人家为举办丧事而花钱请的民间小歌舞团。这是当地的风俗，凡家中老人去世，都会搭设灵台雇请戏班。

好远的路呢，但大家却没有倦意，我知道，这是精神上的愉悦驱走了我们身体上的疲累。平时，一天到晚泡在工地，连台电视都看不上，听说哪里演电影或是类似的节目，大家别提有多兴奋了，不管白天有多累，匆匆吃过晚饭，就吆三喝四地招呼着兴高采烈地向演出地点大步进军。老实巴交的工人，也有精神上的追求呢！虽然，这种追求被没日没夜的劳作苦苦压制着，几乎已被湮没。

只是，到了村里，我看到歌舞团演的那些乱七八糟的节目，不仅与丧事很不搭边，而且很多都是庸俗不堪甚至是带了色情意味的东西。如跳舞，都是几个浓妆艳抹的女子穿着暴露的服装在台上卖弄风骚地抖奶子扭屁股；小品呢，净是什么《傻子泡妞》之类的黄段子，正儿八经的地方民间的艺术节目我一个也没有看到。回来路上，我问一个当地的工人，说搞丧事怎么净演些这样的戏呢？他说，一是这里给老人办丧，都是喜丧，有人老善终之意；二是现在农村也在赶时尚，再演那些老腔老调的东西，不仅显得土气，而且看的人也少，而看的人少说明丧事不隆重，那样就会让别人看笑话说闲话。后来，末了，他还笑着告诉我：“这不算什么，很多时候，那些女子还跳裸体舞呢！真正的裸体，裤头、奶罩全都脱了，看着可过瘾了。”

原来如此，走在漆黑的泥土路上，我不仅感到他说的那些节目实在是有损死者尊严，而且还觉得如今的农村真的是有些不伦不类了，早已今非昔比。

2009年11月12日　晴

昨晚又下了一夜的雪，工地仍然停工休息。上午睡了半天的觉，吃过午饭，几个老乡说要出去走走，否则，再睡人都早睡昏了。踩着没脚的积雪，走在空无人迹的旷野，我觉得心情特别舒畅，一种生活着而不是生存着的感觉，在心里幸福地荡漾着——我想，如果自己能像现在这样，以一种轻松的心情，坦然生活，而不是整日泡在工地，出苦力熬日头，那该有多好啊！走了一个多小时，虽然我的破皮鞋里灌了一脚的雪水，冰冷冰冷的，但心里却热乎乎的，我为自己能有这么一刻生活着的心情而甜蜜而幸福。

晚上，我刚躺下，就被从外面慌慌张张跑进来的“炮手”给拽起来了，他惊慌地告诉我，说在工地门口住着的两个老乡因为喝酒喝多而打起来了，其中一个老乡的脸上淌了好多的血。我知道，“炮手”虽然傻不拉几的，但对老乡可关心了，一有不测就会告诉大伙，他的意思没有表达清楚，但我知道是想让我过去看看给帮忙处理一下，别让事情再往大处闹了。

又是喝酒惹事，我一边嘟囔着，一边穿着衣服，和“炮手”向工地门口跑去。到了那里，我看到一个老乡的脸上果真淌着血，急忙问他伤着哪里了？他说伤着眼睛了。伤了眼睛？！我一激灵，拉着这位老乡就往附近那个村子的诊所走。在路上，因为喝酒喝多而此时还不知疼痛也还不知伤着眼睛可能会是什么可怕后果的这位老乡，告诉我说，他和那个老乡闹别扭的原因，是因为那个老乡一个劲地劝他喝酒，他说自己喝多了不能再喝了，结果那个老乡就拿酒杯向他脸上砸去。喝酒，喝酒，没事就知道喝酒，因为喝酒咱们惹了多少事出了多少洋相，还是不顾死活地喝！我一听来了气，本想说几句，但看到老乡满脸是血而且也不知是否真的伤了眼睛，可怜还有担忧使我那样在心里恨恨地埋怨了几句。到诊所，经村医诊治，得知这位老乡是眼眶被砸破，幸好没有伤着眼睛，我长长吁了口气。

回来路上，我不由想起了今年自从进入工地因为喝酒而惹的几件事：

其一，是二亮一次喝高后，当着全体老乡的面，带着炫耀和逞能的口气，对去年和他一起出来到工地做工的据说是其八竿子打不着的一位表妹说“想那个人家”。结果,因为老乡里面有一人和他那个表妹是邻居，其表妹不知是恼火二亮太过分了，或者是想做出抵抗以期证明自己的清白（听二亮说，他和他表妹去年在工地做过一段时间的临时夫妻），便打电话过来恶狠狠地告诉二亮，赶快当着我们全体老乡的面，在电话里给她赔礼道歉。否则，回去带人打断他的双腿。二亮起初以为表妹是开玩笑，依然嬉皮笑脸地调戏。后来，听表妹说话越来越狠，嗓门越来越大（我们都听到了），开始后怕了。因为他知道，表妹的婆家是大户人家，在方圆附近是有名的“惹不起”，万一动起真格真有自己挨的打。于是，他真的当着我们那些全体老乡的面，跪着给他那个与其说是表妹还不如说是露水老婆的女子低三下气地道了歉。看看这事儿给整的，真是丢死人了。

其二，是有一次，我们几个老乡和一位最先来到这个建筑公司的司机喝酒（他也是我们的老乡，大伙儿最初到这个建筑队做工，据说就是他给帮忙介绍的），喝完之后，因为在这个建筑公司有了一定人脉而在我们面前一贯趾高气扬的这位老乡，也是带着炫耀和逞能的口气，说要带我们那个领队的到歌厅唱歌找小姐。结果，在酒精刺激下，我们那个领队的一下来了情绪，不知天高地厚地借了好几个人的钱跟着司机踉踉跄跄走了。不多时，他打电话回来，说是在歌厅外面被人打了，赶快让我们过去支援、报仇。可能是大家都喝多了吧，闻听此讯，吆喝着到外面拎了钢管就要外出械斗。走到工地门口，恰巧碰到工长，他看我们那个架势，还以为是打他呢，吓得赶紧向一旁跑去。之后，看我们是往街上走呢，才开始上前询问怎么回事。明白原委，他知道事情闹大了对工地没有好处，就急忙向上面汇报，并死劲拦着我们不让走。聚众械斗，可不是闹着玩的，小了带到派出所吃官司，大了可能还会出人命。上面不敢怠慢，当即就派人去现场了。也就是天快亮的时候，我们那个领队的回来了。看样子，他喝得真是太高了，那么长时间了说起话来还是结结巴巴的。他告诉我们，说歌厅的人没有怎么打他，只是掴了他几个耳光，挨打的是司机，司机被人打惨了，让人家用钢管打得头破血流，躺在地上一直没有动，血流了一大摊。现在被建筑公司的人送到医院，还不知是死是活呢。我们问他咋给人家干上了？他说是他在歌厅门口旁边的一个角落里撒尿，歌厅保安骂他"破干活儿的，赶快滚蛋"，他听了觉得屈辱，便顶起来。保安过去二话没说，抡起巴掌"啪啪啪"就是几个耳光。见此情形，司机急忙过去相助，不料却被一下子扑上来的好多人给围住用钢管给打趴了。幸好，那个司机没有生命危险，早晨上工的时候，因为折腾了一夜，我和我的老乡都没上工。

酒，酒，酒！都是你惹的祸。回到宿舍，想起这些事，我既感到恼火，又感到无奈——在这里，不喝酒，还能干什么呢？找小姐或是睡觉？但也不能总打炮总睡啊。再说，不喝酒，那满身的疲惫和满心的压抑，怎么排遣呢？老乡啊，只希望你们喝酒别再往死里喝了！因为咱是干活的，喝多了惹不起啊。我这样想着，眼皮困涩地钻进了被窝。

2009年11月13日 晴

我和很多工人虽然都急着要上工，但因厚厚的积雪和冰冻的大地，只得眼巴巴地耗着。我想睡觉，但刚躺下，一个老乡就把影碟机给打开了（不知他从哪里借了一个十四英寸的破黑白电视机，宿舍没有信号，只能放碟），听着女人哼哼唧唧的浪叫，我知道他又是在放黄碟呢！我承认自己也不是一个不食人间烟火的圣人，但大清早的就看这玩意，觉得也真是太没有度了，于是，没好气地对这位老乡说："别老看了，看来看去不还是那些破把式？"见我愠怒地反对，他虽然很不高兴，但还是把影碟机给关了。这么一闹，我也没了睡觉的心情，就坐在床边傻呆。简易的水泥库房实在寒冷，没有办法，我和三个老乡便生火取暖。坐在火炉旁，大家无来由地就又说起了浑话，其中一个老乡恶作剧地把一条黄色短信发给另一个老乡，并怂恿他发给自己认识的一个女人。结果，这个老乡经不住鼓动，真的就发给了那个女人。不多时，那个女人回复了，内容是把他骂了个狗血喷头。看着他们三人那前俯后仰的狂笑的模样，我感到无聊、厌烦透了——其实，我理解他们除了这也确实找不到什么高雅的乐趣，只是为自己的人生和生活而莫名地伤感、忧愁。后来，我为此写了一首关于短信的诗如下：

短 信

在这媚俗的时代
你宿命地披上了媚俗的外衣
看吧，那所有的温情
几乎全部带着刻意的包装

虚假地在手机之间传来传去
还有龌龊的文字
更是迎合着卑陋的灵魂
蛆似的爬来爬去
却被当做宝贝存储了起来

第十二章　花事

有时候，两个人都想那事了，结果因为破环境，整来整去怎么也整不好。特别我老婆，没办法就使劲咬我，咬得我好痛好痛，时间一长，搞得我都不敢想那事了。哎，说来说去，还是咱们命苦，享受不了人家享的那个福分哟！

2009年5月25日　晴

上午干活的时候，我听到一位老乡和别人在聊天时说到了我们家乡的一件事。我不知道他是因为什么说起了这件事，只是猛然间就想起了他说的那件事——他说的其实是过年的时候（2008年春节期间）发生在我们那里的一件凶杀案。虽然当事人是和他一个村里的，凶杀现场只是离他家没有多远，但因为山里人那平静的一年四季几乎什么波澜也不起的死水一般的生活状态，我其实还有我们一起出来务工的这些一个乡里的人，都知道这个案子。

说来也不是一件什么光彩的事！那是一个常年在外打工的妇女，过年时居然把自己在外面混的老相好给带到了自己家里（我不知道城里人对这个“老相好”是怎么叫的，只知道我们山里人管他叫做“野男人”）。太具体的细节，很多人都不知道。大家知道的，是这个妇女长得十分漂亮。我的一个称其为三婶的邻居，在凶杀案发生后，曾对我说，那个妇女长得就是好看，细白细白的，要个儿有个儿，要样儿要样儿（山里人形容女子长得好看，不会用什么词汇，一般都是这么说的），在外招惹男人也真不奇怪。

凶杀案怎么发生的？别人都说，是那个漂亮女子的老相好出山回家的时候，她那平日老实巴交的丈夫主动提出要送一程；结果，他把那人——严格来说应是自己情敌的那人送出村子没有多远，就用手里挑东西用的扁担从背后照着那人的后脑壳狠劲抡砸，砸死之后，顺势把他推到路边有着一段悬崖的河道底下。接下来，自己回家喝农药自尽了。

案子很快就破了，从邻居嘴里我听说有很多人都不明白，说那个漂亮女子的丈夫其实很早就知道老婆的事了，并且老婆把她的相好领到家里之后，看上去他也没有怎么仇视、愤怒，说白了就是说看起来毫无杀机的、在自己的老婆面前从来都是唯唯诺诺的老实巴交的庄稼汉，咋会干出了这样的凶事？

他们不明白，有谁明白？只是，生活中这样的事情，不是经常都能看到吗？那个时候，听着邻居对这件事情的议论，我就曾经不仅如此慨叹，而且还不停地莫名其妙地幻想那个女子和那个男子是怎么在外相识相好的？她（他）们的关系到底是基于什么样的动机和目的？结果，想到最后，我得出的竟是一个十分简单的答案：我觉得，任何出轨的畸形的感情，其实都存在着可怕的潜在的危险！

老乡和工友还在谈。专注的神情和骤然严肃的面孔，不由让我揣测他们是否也会产生和我一样的想法？

2009 年 5 月 28 日　雨

今天上午，在我们的宿舍里住着的一位工友的媳妇要走了。看着工友无奈和落寞的神情，我的心中也是别有一番滋味。他的媳妇是几天前来到工地的，本来是要打算住一阵子的，结果，事不随人愿，只得忍痛别离。到底咋回事呢？说来，还是心酸——

工友给我们说，他和媳妇有一个女儿一个儿子。女儿初中毕业后，和媳妇一起到广东打工去了。儿子正在读书，读的是省城一所重点大学。春节回家的时候，一家人指望着能够团圆一下。谁知，媳妇和女儿因为厂子里忙，没有回来。大过年的，家里只是爷俩儿两人。过了年，厂子里效益不好要裁人，没有办法，媳妇回来了。现在，媳妇自个儿一人在家，因觉得孤独、无聊，加上好长时间两人没在一起了，她就到工地来找他了；并说，想在工地住一阵子。

因为正是施工高峰期，工地所有住人的简易房都住满了人，没有办法，工友就找到工长和项目经理，说要住到宿舍旁边临时建造的配电室里。起始，领导们不同意，说配电室不能住人，要是让建委查到了，不仅要罚款，还会带来很大麻烦。工友知道他们虽然说的在理，但也是在刻意刁难他呢。因为配电室经常有人住。工友不甘心，就请领导们到外边吃了一顿饭，然后保证说自己懂电，可怜巴巴地请求领导开恩，凑合着让他和媳妇在里面住一阵儿。这时，领导们吃了工友的饭，加上工友在公司已经干了十来年了不说，年年还会给公司带来一帮工人，对公司也算是贡献多多，就同意了。

宿舍问题得以解决，工友自然欢天喜地（住进去的当天晚上，他还请我和几个工人喝了一顿啤酒呢）。然而，没有几天，他却又愁上眉梢了。什么原因？说来有些好笑。根结在他媳妇身上。因为他媳妇长得好看，还有穿衣服也时髦，整日高跟鞋、超短裙、小背心，结果招来了一双双眼馋的更是饥渴的目光。特别那几个调皮捣蛋的年纪较轻的小工人，有事没事老是偷着往配电室跑。

看到这个情况，工友自然心中搓火了，但因配电室是公用的，许多临时用电都要从这里接线，再说了捉奸捉双，所以，即使知道一些人往配电室跑是“醉翁之意不在酒”，亦奈何不得，只是提高了警惕，看到可疑人员进入亦随之进入，一边干活儿一边做起了护花使者。

这不说，更加头疼的，是晚上。每每吃过晚饭，总有一些人找他聊天。而他们的意图，他亦知道，都是冲着他媳妇去的（不知是不是真的，也不知工友知道不知道，我听别人讲，传说晚上还有人脸贴着墙壁偷听他们睡觉呢）。这下，就让他难以接受了，白天干了一天活儿，晚上因为那些人的干扰很晚了不能睡，哪能消受？后来，他媳妇看到这种情形，慢慢地，也就没了长住的兴致。

因为我和这个工友关系较好，走的这天，我送他几步，走出工地大门，他对我狠狠地说道："日他娘，早知这个熊样子，还不如多花点钱住旅馆呢！"满脸的失意和懊恼展现得一览无余。"也真是的！"我不知道该说什么劝慰的话才好，结果，只从嘴里吐了这么几个字。

2009年6月20日 晴

晚上，大家聊天时，聊着聊着，无来由地就又扯到了"性"这个闲来无事就会谈及的话题上面。依然乱七八糟的，说什么的都有，对于大家的闲谈，耳朵都好似长了茧子，早已没了探听的情趣——虽然，我知道这是人之常情，闲扯是无妨的，但不知是听多了听腻了的缘故，还是他们说得太露骨太下流的缘故，反正我已经对此厌烦了。

只是，他们后来聊的一个话题一个人物，倒是引起了我的兴趣——那个话题说的是硅胶充气娃娃，那个人物是我的一个已经有了些岁数的老乡。具体些，也就是一句话，我的那个有了些岁数的老乡，去年和他们一起在这个工地干活儿的时候（今年他没有和我们一起出来干活儿），为了解决自身的性饥渴，就到性保健品专卖店买了一个硅胶充气娃娃。

新鲜，真是新鲜啊！打死了也想不到，在建筑工地，竟也有人会用硅胶充气娃娃，而且用的那个人还是我熟识的老乡（他差不多也有五十多岁了。很早的时候，我记得他在我们村里开了一个专门加工面条的门店，那时，我常提着面粉去他那里加工面条。他的媳妇是外地人，长得还是蛮漂亮的，圆圆的脸，大大的眼，身材十分丰满。后来，听说他老是喝酒老是打骂媳妇，结果把媳妇给打跑了，十多年来一直自个儿一人过日子）。

"那玩意儿管用吗？"我还未来得及开口，一位工友已笑着探问我的老乡。

“谁知道呢？去年人家买了那玩意儿之后，就一个人住了。不过，那家伙懒得很，从来不洗那玩意儿，我们看到那东西脏得不行，浑身上下黑明黑明的，记得他裤裆里的那根家伙因此还感染了，好长一段时间走起路来都是一叉拉叉拉的。嗨，别提了，现在想来还觉得恶心！”我的老乡这样回答。

“不过，叫咱想想，觉得那玩意儿应该是管用的。要不，人家咋卖呢？”我看到，探问管用不管用的这个工友，说了这句话之后，眼神里明显流露出了一抹邪邪的欲火。

时尚，真是时尚啊！听着他们的谈话，我不由在心底对我这位敢在工地使用硅胶充气娃娃解决自身生理问题的老乡，有些戏谑也有些哀怜地赞叹起来。

2009年9月11日　雨转晴

今天下午，有一件新闻在工人中间悄悄传开了，说的是工地经理在外泡小姐，不小心把人家搞怀孕了，结果，小姐生财有道，竟闹到公司总部，要求经理赔偿十万元。

其实，我们对玩小姐这样的花事早已不感兴趣了，毕竟这样的事真的是太普遍太普遍了，在意的，是“经理赔偿小姐十万元”。十万元，对经理而言，充其量不过一年的收入，可对我们这些出苦力熬日头的工人来说，那可至少是八年、十年的收入（这个时候，我们一天的工钱仅有五十元。一年只能上二百余个工日）！

要是有了十万元，打死了我也不会干这苦力的活儿了；要是有了十万元，我就回家赶紧把房子给翻建了……大家都在兴奋地说着经理那可能要泡了汤的十万元要是落在自己手中该有多好。我听着，也不由遐想了起来，如果自己要是有十万元，不，别说是十万元，就是一万元也好，那么我就立刻买台电脑，把自己手写的稿子全部打出来，寄给洛阳《牡丹》杂志社，让老师们给我好好斧正斧正。因为，那家杂志社的一位编辑说我写的稿子还可以，只要坚持写下去，说不定还能闹出什么名堂呢。只是，稿子都是手写的，给他们带去了很大的麻烦。文学梦，我已梦想许久而且也坚持了许久，为它我失去了太多太多发财的机会，谁知已经四十多岁，却依然一文不名，这位编辑的话对我具有多么大的鼓舞！这样想着，我决定年底回家一定买台电脑，用自己的钱而不是经理那根本落不到自己手中的意外之财。

不过，当时让我有些闹不明白的，是经理怎么会干出那样的事情？因为，我们都在工地上见过他的老婆，那是一个看上去非常漂亮也非常端庄的女人——瓜子脸，白净白净的；大眼睛，清澈清澈的；长头发，乌黑乌黑的。个子不高不矮，身条不胖不瘦，整个人看上去十分标致十分匀称。那个时候，我记得她总是穿一件紧身的蓝色毛衣，黑色的瘦腰西裤，和白色的高跟皮鞋，给人的感觉真的是既妩媚又素气，比起城里那些时尚美女可以说一点也不逊色。有一次，我外出买东西，刚出工地大门，就见到了她，因为太突然，我竟然一时觉得是从哪里蹦出了个大美女呢，搞得心里七上八下的！直至走到眼前，才认了出来。当时她的那个美呀，都让我不敢相信就是工地上的她了。为什么，到底为什么呢？因为她真的太美了，所以本分的我不仅对她生发了难以名状的同情和难以名状的哀怜，而且对经理的花事不停地想了起来。结果，想来想去，我也只能得出“饱暖思淫欲”这个答案。我知道，这个答案可能十分浅显或者说十分笼统，但以我的身份和地位，也只能这样揣摩了。经理的花事，搁到我们身上那肯定是想都不敢想的事情。包小姐，得花多少钱啊！我们一年的收入恐怕都不会够；要是摊上小姐敲诈勒索，可能一生都翻不了身（我的这个想法是不是很可笑啊）。

2009年9月28日 晴

今天，我的一个老乡和一个夜间看场子的门卫吵了起来，原因是我的这个老乡回屋喝水时，发现那个门卫正在砍椽子（手淫），就把他的这一应是丑事的行为告诉给了其他工人。结果，那个看场子的门卫觉得自己受到了侮辱，后来便和他吵了起来（这件事闹得很大，搞得整个工地的工人几乎都知道了）。

在这一年四季几乎全和清一色的男人接触的工地，砍椽子其实应该是很正常的，只是，我的憨实的老乡和很多工人却觉得是出格离奇了。

好像赶热闹似的，晚上九点多钟，工地到处都在传递着这样一件稀罕事：

一位做力工的工友，吃过晚饭跟着别人到市里那个有着不少小姐的胡同里转悠，最终经不住小姐的诱惑，身无分文竟然跟着小姐到一暗淡的角落里去“打野炮”。事毕，他自作聪明地把裤袋里的用来擦屁股的报纸卷了卷，想借着夜色的遮掩蒙骗小姐。结果，被小姐识破，只听一声尖骂，鸡头幽灵似地冒了出来，明白原委，拽着工友拳打脚踢揍了起来，最后，直把这个工友打得躺在地上来回滚着，捂住肚子哭着“爷啊，爷啊”地求饶，引得好多人围着看热闹，鸡头可能害怕事情闹大了反而引火烧身，方才放了这个工友。后来，那个工友嫖娼挨打的新闻，骤然成了笑谈，大家都说，胆子可真大，竟敢用报纸糊弄人家，不是找死吗？

我呢，听着对工友因为嫖娼“不守规矩”而明显带着嘲讽的议论，竟然这样感慨——我想，这个工友，肯定是性欲难耐到了无法忍受的地步，否则，老实巴交的他，绝对是不会有那么大的胆儿。因为我和他在一起干的活，知道他是一个十分老实的人。

哎，身边这些为了生活准确地说应是为了生存，不得不在工地没日没夜透支体力的工友，有多少不是这样呢？引用他们一句看似粗野其实含着无奈和辛酸的一句话，是再形象不过了——晚上躺在床上，哪里都硬不起来了，那个玩意儿却总硬着。

生活，也许就是这么残酷！活着，就要生存，能有什么办法呢？我的这个工友的看似可笑的丑事，也许并不可笑吧。

附：关于小姐的话题

现在的这个社会，呈现出了太多的病态。为什么要写小姐的内容呢？小姐和农民工，我总觉得好像是鱼和水的关系，谁也离不了谁。没有小姐，农民工的日子可能会更苦；没有农民工，很多小姐要失业。况且，在工地的时候，小姐的话题真的是大伙儿常谈常乐的话题，对于没有什么丰富生活的我们，大家已经懒得去说其他较为正经和严肃的话题，谈小姐已经成为大家放松心态和劳累的良方了。我真的很少甚至没有听到他们讲过什么比较让人吃惊和振奋的话题。

2009 年 10 月 13 日　晴

下午干活儿的时候，我刚好和一对年龄大约和我差不多的四川外包队的小夫妻在一起。

因为彼此已经十分熟悉了，看到女的离去，我便坏笑着对那个男的说：“大哥，你们四川的工人可真是有福气。”

“啥子福气哟？”听我这么讲，他笑了笑，漫不经心地反问。

“啥福气？晚上有老婆陪哟——”我故意学着他的腔调，不仅加了一个“哟”字，还把尾音拖得老长。

“哎哟，别提了，白天干了一天的活儿，累得啥似的，哪有心思想那事哟！再说了，一个屋里住了那么多的人（他们都是一对一对地住在一个大宿舍；彼此用床单或被罩围起来），实在不方便哟！”他一下子就明白了我的意思，毫不忌讳地向我透露实情。

“怎么不方便哟？”我乘势追击。

“哎哟，不怕你笑话，给你说吧，就那破床哟，人一动就‘嘎吱’、‘嘎吱’乱响，让人听了心惊肉跳的，谁好意思整那事儿哟？”

“呵呵呵……”我不由笑了起来。

“哎，老弟哟，说了你也可能不信，其实，我现在对那事儿都没兴趣了。”本来不想再去谈论这个应是隐私的事情了，没想到四川哥又这么欲言又休地说了一句，我便忍不住再次追问：“到底怎么了，老哥？”

“怎么了？给你说哟，别看我和老婆在一起，除了干活多个人儿，那方面其实比你们好不到哪里去。有时候，两个人都想那事了，结果因为破环境，整来整去怎么也整不好。特别我老婆，没办法就使劲咬我，咬得我好痛好痛，时间一长，搞得我都不敢想那事了。哎，说来说去，还是咱们命苦，享受不了人家享的那个福分哟！”

听了他的这番不知是触景生情还是积郁太深而抛出的肺腑之言，突然之间，我那戏谑甚至是有些窥探他人隐私的猎奇的心情一下就没了，随之而来的，是和他一样的无奈和酸楚。

2009年11月14日

进入工地，解手时，一个衣装整洁、操着普通话的外包队的工人，笑着与我客套一番，竟弯腰伸手欲摸我的“老二”，吓得我尖叫一声，吼着将他赶了出去。哎，我不知道他是一个精神病还是一个同性恋，只是不仅刚才看雪时（今天休息）的那份心情和雅兴早已被弄得荡然无存，而且还想起了自己在家乡附近一个矿山做苦力时遇到的一个同性恋。

那是我到医院看病时碰上的。那一阵，我生活困窘而患了忧郁症，整日觉得心情烦躁、头痛胸闷，没有办法，只好到医院诊治。为我号脉的，是一个从市内知名医院退休的知名专家，能够看得出，我前往的这家位于县城里的小医院，就是打着这个专家的旗号招揽生意的。

不知怎么回事，与他一打照面，我竟然有种难以言说的特别别扭的感觉。面对他保养得如同女人一样红白的皮肤，一笑眯成了一条缝儿的眼睛，还有听起来细软得有些发浪的腔调，和举手投足间流露出的嗲嗲的女人的气息，那种感觉骤然更加强烈起来。

他不愧是知名专家，仅是简单问了问，就看出我患的是心理方面的疾病，他先是用细软的声音告诫我不要想那么多，不要和自己强的人攀比，只要调整好自己的心态，这个病就会自然地慢慢地好起来的。他的话对我而言，都是对的，只是那副女人一般的腔调，让我浑身不舒服。

接着，他又问我结婚了没有，得知我已婚，又问老婆在不在身边；得知我的老婆不在身边，就问我是否有性压抑的问题。我想，他的话肯定与我所患的心理疾病有关，虽然还没有太大的反感，但当着他的面，到底还是有些不好意思直白。

这时，见我面露窘色，他便一脸严肃地开导："这对你的心理疾病都是有很大影响的，你要大胆直言，告诉我是不是有这方面的问题。不过一个农民工，无名无分，你怕啥呀！"

虽然听着很刺耳，但为了治病，我只好如实相告，说：有，但不强烈。对于"有"，我想，只要是一个正常的男人，都会的。

至此，他开始劝我用手淫的办法解决性压抑的问题，并说那样对于像我这样的农民工既经济又干净，不像找小姐，一要掏钱，二还不洁。这时，我认为他的话已经有些不着边际有些过分了，可碍于他那知名医生的身份，还有自己因为地位渺小而衍生的胆怯，却又不敢发作。

然而，我想不到，看我沉默不语，他竟然肆无忌惮地问我，要不要他为我服务，并说如果我需要，他保证让我满意。而且，说完，他便把左手伸进白大褂里面，哼哼着开始猛烈搓动起来。我清晰地看到，他的裆部立刻鼓了起来；我只得迅速逃离——因为他开始向我索要手机号码。

知名医学专家，竟是一个同性恋，我这个农民工大为惊讶的同时，亦觉得有缕痛楚和心酸——他说的，其实也有道理呀，农民工的性的问题，不是着实令人尴尬吗？

2009年11月16日　阴

今天最高气温只有 −1℃，上午整个工地停工休息。我躺在几乎是没有什么温度的被窝里，正眼睁睁地耗着那空洞的时间，突然听人说工地夜间看门的老高失踪了。

他到哪里去了呢？我继续侧耳倾听外面的谈话，结果，听到他们说老高几天前怀里揣着三千元钱去市里找小姐，到现在还没回来，工地领导正要去市公安局报案呢。玩小姐失踪了，我听到这个消息，心里的惊讶和关切，一下就淡了许多。都有了孙子，一大把年纪了，还不时外出寻欢，任何人听了我想都会像我一样漠然和麻木吧。

哎，离开了女人，莫非男人真的就无法生存了吗？我不由对女人在这个世上的意义，这样胡想了起来……

2009年11月18日　晴

今天工长安排我们十几位工人倒腾钢筋，干活儿时，我听到一位老工人说一位叫做“二毛五”的工人的老婆在市里一家旅馆做鸡头生意，并对大家开玩笑道，如果哪个同志有兴趣，他可以带路前去玩小姐。对此，我和大伙都非常惊讶——因为“二毛五”看起来老实巴交的，谁也不会想到他那样的人老婆竟然会是做鸡头的；而且，他和我们在一起干活儿已近一年了，从来没有谁说过他老婆是鸡头。

于是，当即有人摇着头说："不可能，不可能，你肯定是开玩笑涮老实人的！""不可能？老实人？你们以为'二毛五'是老实人？那我问你们有谁知道他为什么叫'二毛五'吗？"那位老工人满脸委屈地反问，结果真的把我们给问住了——是啊，平时都是"二毛五，二毛五"地叫啊叫的，可为什么叫他为"二毛五"，我们当中还真是无人知晓呢。

这样，老工人便有些自我炫耀地讲了起来——原来，"二毛五"有一次玩小姐，小姐开口要价三毛钱（当地人讲三毛其实就是三十元），他舍不得掏那么多钱，最后软磨硬泡磨掉了五块钱。而从此，他便得了一个"二毛五"的绰号。

听老工人这么讲，看他满脸正经的样子，还有"二毛五"听到这件事那红了脸极不自然的表情，最终大伙儿都相信了老工人的话。而我，不仅同样相信了，而且还油然生发了一点感慨：真是人不可貌相，像"二毛五"那样老实本分的人，也还搞小姐呢；色情行业，看来真的是炙手可热！

晚上，一位姓吴的老工人，与大伙聊天时说的一件事，给我留下了深刻印象。他说的那件事，发生在他们村里，说是一个姓刘的庄稼汉子，因为穷，眼看四十了，还没有讨到老婆。后来，终于娶了一个哑巴媳妇，眼馋得不得了，夜夜弄那事，仿佛吸鸦片吸上瘾似的。再后来，哑巴婆娘生了小孩坐着月子也不放过，他还是一个劲地玩！结果，把娘俩全整死了。

老吴讲这事的时候，喜笑颜开的，明显是以调侃的口吻给大伙讲的，完全一种不屑和轻松的神情；大伙儿听这事的时候，挤眉眨眼的，明显是以猎奇的心态听老吴讲的，也完全是一种不屑和轻松的神情，而我，听了却一点也轻松不起来，两条人命啊，在粗蛮的庄稼汉子的蹂躏下就那样离开了人世——对性的保健意识还完全是一片荒蛮的农村，还有多少这样的事情呢?

附:后来，想着老吴讲的那个故事，突然间我想起了自己的邻居——也就是一个同样也是姓刘的一个庄稼汉子。这个庄稼汉子是个光棍，也是见了女人身子着了火似的饥渴。他年轻力壮的时候，是村里有名的“妇女迷”。他常常帮着那些男人不在家的作风不太正派的妇女干庄稼活。干了好几天的活，什么也不要，就要女人的身子。后来，他见自己老了干不动活儿了，那些妇女们不再和自己热乎了，就上街上捡破烂。捡几个月的破烂，卖了拿着钱跑到县城找小姐。结果，不知是不是得了淋病(村里的人都说他是得了淋病)，再也玩不成女人了。我常年在外打工，他的事情我都是听别人说的，见到他的时候，他已苍老得不能看，佝偻着身子，走起路来头勾得几乎要挨着地，鼻涕一溜一溜的，而且还不停地大口喘气，仿佛马上就要命归西天似的。他无儿无女，只好投奔自己的外甥。而外甥嫌其名声不好，一直爱理不理的。他死的时候，我是知道的。看到其外甥用一张草席把他裹着，草草地埋了，有邻居说道:“别看老刘死的不光彩，可人家这一辈子可真是没白活!”那口气分明是戏谑呢!我听了，不知怎的，也有着说不清道不明的难以名状的沉重。

2009年11月19日 晴

吃过晚饭，又有一条新闻在工地传开了，这个新闻说的是几天前怀里揣了三千元钱外出玩小姐的老高两手空空(意思是他的钱都送给小姐了)地回来了，虽说他是玩小姐失踪了，很有为人不齿的意味，但不管怎么讲，毕竟人命关天的事，况且公司领导一直派人外出找着他呢，所以这个新闻一时在工地传得沸沸扬扬的，影响力可大了。其间，我听到老高家乡的工人这样说，因为老高的不良嗜好，其家人都和他断绝关系了;而他呢,对此不仅不以为然,而且还乐得自在呢,一年到头从不回家,冬季工地放假了,他就留在工地继续看门,对他而言,工地好像就是家了,让他留恋破家的最为直接的原因,就是挣了钱好去玩小姐。为此,他儿子曾这样骂他,老了看谁管他,早晚让他死到女人的那个窟窿里面!

“老高啊,你活到这份上,还有意思吗?”在大伙儿的笑声里我正暗自思忖,又听一位工友这样“精彩”地和他海侃。

他说,老高的家人也真是太封建了,同样在农村,也同样是男嫖女娼的事儿,但搁他们那里就开放多了。他说他们那里是深山区,也不知道是从什么时候开始的,村里的那些女人,开始解放思想纷纷从山窝窝里飞到山外灯红酒绿的世界用身子淘金去了。他只记得,村里的女人,凡是不算太老也不算太小的,现在几乎都在外边干着皮肉生意。

现在都是笑贫不笑娼嘛!顿了顿,他接着笑呵呵地给我们讲:毕竟都在一个村里住着,各家的日子难免要相互比较比较,当第一个在村里本来就有些风骚的女人外出干那事被人们嘲笑和不屑了一阵,看到人家盖起了气派的楼房,不久就有女人按捺不住心底的虚荣经受不了巨大的诱惑,也跟着那个女人外出淘金去了。后来,一个接一个,鸟儿似地转眼之间都飞了出去。

他还说,村里曾有人这样讲:只要能挣钱,管她干啥呢。再说,女人那东西,又不是盛面罐,动动就少了,怕啥呢!好一个“盛面罐”啊,大伙还未来得及因他的精彩演讲而大笑,只听他又自鸣得意地说道:“这还不算精彩呢,让我再给你们讲个更好听的事儿。”

于是,我们不由竖起耳朵伸长脖子,继续听他“表演”。他接着说——那是村里的一个老赖皮,恶作剧似地拿一个在外边做小姐的女孩的父亲开玩笑,问他:“你家的闺女也是在外边‘坐台’的吧?”结果,老实巴交的庄稼汉,不知道“坐台”是色情职业!自此逢人就讲:“俺闺女是在外边‘坐台’的，俺家里的房子，就是俺闺女‘坐台’挣钱给俺盖起来的。”那口气完全是自豪和炫耀的意味！再后来，庄稼汉父亲的话，想不到竟成了笑谈，在村子周围传得山响。而有好事的，见了这个可怜又可笑的父亲，还坏笑着问：“你闺女是‘坐台’的吧？”看着明白了“坐台”是怎么回事的庄稼汉因满脸尴尬而开心儿。

有意思，真是有意思啊！听着大伙儿的狂笑，我独自沉思起来；说不上是什么感觉，我顺口就吟出了下面这个顺口溜：

邻家有女孩（顺口溜）

我的乡邻啊
家里真是穷
什么程度呢？
温饱还是坎
只是什么呢
根本不必愁
再过两三年
人家就翻身
什么原因呢
他家有女孩
模样好俊俏
年龄十四五
不要惊讶哟
女孩长大了，外出去务工

别看没文凭，一月数千元
要是那个了，天文数字啦
不是逊人吗？
谁敢缺这德
乡里女孩啊，还有大女人
不都致富了？

第十三章　思乡

回家，回家！多么诱人多么温馨的字眼儿，不知是不是因为脚伤心里难受，或者自己也的确想家了，我的鼻子一酸，一种想哭的冲动，差一点使我热泪盈眶……

大家都说城里的老人孤独，而农村的那些老人因为子女的外出务工，也同样孤独啊！而他们的孤独，因为生活的无奈和困难，比起城里老人的那种孤独显然是要辛酸和凄凉了。

2009 年 7 月 2 日　晴

下工后，给媳妇打电话，简短地说了几句，她突然又给我讲了发生在乡下的一件事（我知道，媳妇是个不善言辞的农家女子，除非家里有什么急事，否则，她好像总是不知该说什么才好；此时，她又像往常那样给我讲这些乡下的事，其实是对于我的思念的一种独特的表达。因为这样，她就可以和我说话可以和我交流，可以感知我的声音可以感知我的存在）。只是，媳妇这次告诉我的，是发生在家乡的一件丑事：

她说，我家附近有个村子里的一个老实巴交的庄稼汉（那个村子我是知道的，离我家仅有三里远的路），竟然在晚上蒙面强奸了十多个妇女。媳妇讲的可带劲了，说那一阵子因为方圆附近的村子里老是发生这样的恶事，搞得很多男人不在家的妇女都是提心吊胆的，生怕自己晚上会被恶魔给糟蹋了（听得出，她也是十分害怕的）。后来，派出所的民警连夜蹲守，终于把恶魔逮住了；得知原是那个已是爷爷辈的老实巴交的庄稼汉，很多人都感到惊讶和不可思议。

家乡，成了什么样子！关于强奸的案件，乡里以前也是发生过的，只是像这次接连强奸十多个妇女的恶性案件，好像还是头一回（后来，好几个老乡给家里打电话，也都听说了这件事。他们告诉我，说十多个妇女是派出所已经查验、证实了的，而实际数字其实远远不止“十多个”呢）；为啥会发生这样恐怖的事情？还不是很多男人都出去打工了，留下毫无防范能力的老人小孩，让可能因此而生发了色胆的男人钻了空子！

顺着这个事情想下去，这时，我再次深切地感觉到：家乡现在和以前相比，虽然看起来是越来越富了，可先前那种淳厚、朴实的乡风，好像是越来越淡越来越远了，有些让人十分怀念和留恋的东西，也好像是永远不复存在了。比如，下面我写的这些东西（这是我到工地不久，利用晚上休息的时间写的。具体日期好像记不清了，只记得是好几个晚上睡觉前躺在床上断断续续写就的），真的都似遥远的梦了：

年少二三事

日子在一天一天地流逝，心在一天一天地物化。随着年龄的增长，是越来越怀念那些年少的事了。

偷瓜

故乡是一个偏远的山村。村子东边，有一条河。正是初秋瓜熟时节。越过河，便有一个被玉米地包绕的瓜园。

穷啊，别说买瓜果桃李，仅是粗粮淡饭填饱肚子就算奢望——那圆滚滚的又大又甜的西瓜，和绿莹莹的又长又脆的甜瓜，对于我们嘴馋的孩童，自然诱惑无比了。

没钱买，又想吃，怎么办，偷！只有偷了。人在饥饿之下，是没什么羞耻之感的，况且又都是天真无邪的懵懂少年。

记得瓜园是在河的上游，而摆在水中供人过河的石块，是在河的下游。所以，过了河，要顺着河沿往上走一段。

蒙蒙夜色里，我和村里几个小伙伴，探手探脚走着。我不知大家的心情怎样，只是记得自己既兴奋又恐慌，并且感觉有些不是在偷东西，而好像在从事一项危险而又神圣的特殊任务，就像最爱看的战斗片里的机智、英勇的侦察兵。

摸到玉米地边，我们往往会喘几口气，一来定定神，鼓一鼓勇气；二来看有没有风。因为要是没风，玉米地一片静寂，人一动“哗啦，哗啦”地响，太易暴露目标。

也许河边的缘故，风是有的，“沙沙沙”响着玉米叶呢喃的声音；我们借着玉米叶的声音的掩护，猫腰走到离瓜棚较远的瓜地边，爬在瓜地里顺着瓜藤摸找那些西瓜或者甜瓜。不知熟不熟，只知捡最大的，我们一致认为：最大的肯定都是熟的。

瓜园里的瓜结得真稠，不一会儿，就摘了好多。溜出瓜园，一瞧，那么多，一个一个拿，要费好大劲。于是，灵机一动，办法来了：让两个人一人抱一个西瓜先跑到河的下游，其余的一个挨着一个手伸手传递，传到河边往水里一放，顺水漂流，下游的两个人专门负责在水里捞瓜。

心一直在“嗵嗵”地跳，总担心黑洞洞的魔鬼似的瓜棚突然会蹿出一个人，大吼着冲我们跑来，心惊肉跳地把瓜全部转移到河的对岸，才会缓过劲，四仰八叉地躺在草地上美美地欣赏共同的战利品。

月辉清清，水雾淡淡，秋虫唧唧，真惬意啊，吃吧！大家抱起西瓜，朝石头上一磕，弄破了一块一块掰着吃，吃完顺手一抛，瓜皮顺水漂流而去，“犯罪”的痕迹顷刻消失得一干二净。

啃得肚圆，不知是谁说道：“要是冬梅（种瓜的主人家的在村里屈指可数的美丽的村姑）在瓜棚里看瓜，俺情愿让她捉住。”

“是啊，要是冬梅在瓜棚里，出来把咱们捉住了，比吃瓜还美呢！”大家便拍着肚皮一起附和。

月牙悄悄从云影里探出了头，她在笑那些懵懂的怀了春的少年呢。

捉 鱼

那时，故乡的河水清清，成群结队的鱼儿在清清河水里嬉戏。

夏天，是我们捉鱼的大好时节。

鱼在水里飞快地游着的时候，捉是捉不到的；故乡的河里密密麻麻散布着大大小小的石头，那些一扎来长的鱼儿，有的在水里游，有的钻在石头底部的空缝里。我和村里的几个小伙伴，常常在午后结伴跳进并不算深的河里，弯腰在石头里摸。摸到了，用食指和中指夹出，往岸上一抛，活蹦乱跳的鱼儿便被生擒。有时，一摸摸到一窝，有数条甚至十余条。幼小的心便格外兴奋，常常屏住呼吸，左右两手灵活配合，一手夹出，一手飞快堵住洞口，再夹再堵，一条一条往岸上抛，煞是过瘾！

有时，却摸到水蛇。大伙平时虽然不怎么怕蛇，但因太突然——本想可能会是一条长长的大鱼，心里美滋滋的，结果看到从石缝里拽出的竟是一条灰不拉几的丑陋的水蛇，总是“哇”地尖叫一声，丢魂似地跑到岸上，看水蛇在水里弯弯曲曲地游逃。

摸鱼的效率是比较慢的，大伙都希望自己能多捉一些鱼，好让盼望清贫的生活因此有一点改善的大人多多夸奖自己。于是，如果发现鱼多的河岔，大家便用石块和沙草将岔口处拦死，引水从相邻的另一处河道流走。这时，被拦截的河道，河水仅有一脚浅，惊慌的鱼儿在水里笨拙地扑腾，我们只消用脚踩或用棍子拍打，将鱼踩昏拍死了捞起即是。这样，不多时，我们都能捉到很多很多的鱼。记得有一次，我们像是哥伦布发现新大陆似的，看到村里长长的吃水的渠里有许多又肥又长的鱼，便一嘀咕，竟在晚上拿着水桶、手电，悄悄将全村用水的渠给堵住，捉起鱼来。第二天，村民民怨沸腾，一致要求村里严查此事。最后，发现是我们几个毛孩捉鱼所为，村干部个个气得哭笑不得。

夕阳西下，成群的鱼儿在闪着多彩的晚霞的水面上，欢快地跳跃；

被太阳晒得黝黑黝黑的孩童，一人手里提着一串长长的用柳条穿起的鱼，哼着小调兴高采烈走在晚风轻拂的小道上……

多么让人留恋的纯朴的图画！

看电影

在童年时代，我想，再也没有比看电影更让人激动的事了。

那时，只要听说晚上有电影，一整天都是兴奋的，就像年根儿渴望过年似的，眼巴巴盼着夜色降临。

因为村里偏僻，电影是很少放的，一旦附近相邻的村子放电影，村里那些大人小孩，就会三五一伙，结伴前去观看。

热闹啊！一路上，人们成群结队，络绎不绝，大人说说笑笑，小孩相互打闹，那情那景，就像是赴一个什么规模空前的盛会。

有一次，我们要去的村子，隔着一条大河，那晚河水刚刚上涨，供人过河的大石头上面，放着极不稳固的小石块。若是白天，小心踩越，是没什么问题的。可在晚上，就危险了。

我记得人们蜂拥着，你推我搡，结果有很多人一不小心惊叫着跌进了河里。更有甚者，连在那个年代相当贵重的鞋子都给冲跑了。

人们便“哈哈”地笑，粗犷的纯朴的快乐，在河里悠悠漂荡。

散场时候，往往都是夜深时分。行走在乡村的充塞着太多鬼怪传闻的夜里，我常常想象身后会突然冒出一个难以名状但却绝对恐怖骇人的鬼怪，来拽拉自己的衣服。那感觉，既害怕又刺激，真是奇妙极了！

现在，电影在大城市里依然有着自己的魅力，可在农村早已销声匿迹了。而我，多想再回到从前，疯跑着去看一看那在野外放映的露天电影，让心灵在一味的单纯的快乐中去放飞、沉醉！

附：现在，家乡早已没人种瓜了；电影，也早已没人放映了。即便有人去放，想必也没人去看了；鱼呢，河里的鱼呢，恐怕也只能在记忆里寻觅了。

2009年8月15日 晴

晚上，前往工地附近的市区广场散步，在那里，一群正在练习滑冰的小孩，油然拨动了我思念的琴弦——远在家乡的儿子，此时此刻你在干什么呢？该不是又坐在妈妈的怀里，看着天上的星星傻想吧？偏僻的山村和穷困的生活，为你提供的也只能是这样的童趣了。

我看着想着，不觉眼睛湿湿的，为思念，亦为沉重的人生。

无奈的思念

我的思念
因为漂泊的生活
总是没有甜蜜和幸福
即便有吧
甜蜜和幸福过后
却涌起更深的怅惘和更深的悲凉
因为，我不知道何时才能终结流浪的生涯
让团圆的日子一脚踢走分别而生的思念
我质疑人生
难道这就是我的命运
注定了要为生活而不停地漂泊而不停地思念？
结果，我无言

我想，这沉重的问号
对我而言
或许只能用“无奈”回答

2009年9月14日 阴

因为下雨，地面到处是泥巴，今天上午停工休息。我坐在宿舍里，本想看看书或者写一些什么东西，可因为影碟机（工友们正在看武打片）的干扰，却什么也干不成，只能一个人呆呆坐着，干熬着那对于许许多多的人来说应是珍贵无比的时间——其实何止今天？每逢休息，哪一次不都是这个样子——乱七八糟坐着的工友，津津有味地看着那对他们来说百看不厌而对我来说却是庸俗不堪的毛片或者港台打斗片。这样的环境，还寻求什么心灵的充实和洒脱呢？

后来，工友们都到市里疯去了（我想他们可能又去找小姐去了吧），望着沉沉雨雾，一个人的我，心情潮得厉害，不仅特别想家，而且特别想写一些关于思念的东西。望着雨丝呆呆看了一阵，才突然想起，自己在春季到市区转着玩的时候，看到一对年轻父母，在草地上带着自己的宝贝儿子欢笑着放飞风筝，感慨得很！

其实，我从来没有放过风筝。没有放过风筝，便也不知道放飞风筝的乐趣。但我喜欢看风筝，喜欢风筝在空中悠来荡去的那种洒脱和飘逸，喜欢人们在田野跑来跑去的那种忘我和欢愉。而且，我还喜爱自我想象自我品味放飞风筝的情趣——我想，那放风筝的人，如果是小孩，那么他（她）会望着天空中扶摇直上的风筝，天真而又可笑地担忧：它该不会飞到天宫吧；那放风筝的人，如果是成人，那么他（她）会望着天空中飘来飘去的风筝，坚定而又从容地自语：你怎么能挣脱我的双手呢？

至于自然的景致，我想，那就更是妙不可言了：和煦的春风，碧绿的田野，蔚蓝的天空，绚丽的风筝，奔跑的人影，甜蜜的笑脸，简直就是一幅清新绝伦的图画！然而，每每望着空中飞来飞去的风筝，我却总是有着淡淡的忧伤。

这些年，为了生活，独自一人漂来漂去，我总是在看别人放风筝；看到那些年轻的父母拉着孩子的手，在城市的绿地或郊区的原野跑来跑去地笑个不停，我的眼角总会不由地潮湿起来——远在千里的妻儿，你们是否知道，此时此刻，我也多么想拉着你们的手，在田野里一块疯跑着去放飞那载满了亲情和欢乐的风筝啊！

春天风筝飞，飞进思念里。什么时候，我才能够和远方的妻儿一起去放飞风筝呢？

2009年9月17日　晴

吃过晚饭，我到公路边的一个小卖铺里给家里打了一个电话，媳妇在电话里对我说，天气要变冷了，注意多穿些衣服，千万别感冒了；儿子在电话里对我说，爸，回家给我买个小车子吧……还没有放下电话，我觉得自己的眼睛就涩了。当飞也似地跑向通往工地的漆黑的小道上，眼泪终于抑制不住地涌了出来——好久没有给家里打电话了，这血肉相连的亲情啊，竟像刀一样割着我的心肠！

2009年9月20日　晴

可能是因为昨天背了半天的钢管，早晨一起床，我发现自己受伤的脚难以走路了，没有办法，只好请假休息。这时，我没有料到，一同来的几个老乡有好几个都请了假，说是天冷得没法干，而且都想回家了，没有心思干了。回家，回家！多么诱人多么温馨的字眼儿，不知是不是因为脚伤心里难受，或者自己也的确想家了，我的鼻子一酸，一种想哭的冲动，差一点使我热泪盈眶……

晚上，给家里打电话，问媳妇在家里干什么？她兴奋地告诉我，说正在家门后的山坡上背柴火呢！她说，今年雪下得早，坡上的那些树因为还都带着青叶子，结果，厚厚的雪附在叶子上，树干不堪重压，好多都被压断了。她说：“你也知道，坡上的那些树都承包给个人了，因为看得紧，平时谁敢上去砍柴？这下好了，雪把树干压断了，背那些被雪压断的树干，他们能说什么呢？”不过一件稀松平常的事，可妻子在电话里兴冲冲的劲头，又使我感慨起了我们的生活——其实，那些用来做柴的树干，是很贱很贱的，就是整年整月地背，也没啥大不了的。而她如此兴奋，把那些需要出力流汗才能弄到家的柴火当做宝贝似的给我讲，还不是因为我们的生活太穷了？

我的思念也就莫名地沉重了起来。

2009 年 10 月 14 日　晴

下午我和几个工人在一起填土，大家正开着玩笑，一位最年轻的小伙子，忽然无来由地对我说：“像你们这些常年在外打工的人，一年到头让老婆在家守着活寡，自己心里过得去吗？”我知道，他这样说，绝对是随口说出的一句话，可心里却像打翻了五味瓶，特别地难受——是啊，我对得住远在家乡含辛茹苦、养老扶幼的妻子吗？然而，我不出来，一家人又该怎么生活呢？仔细想想，我的人生真是一种沉重的无奈！

晚上，我失眠了；想着那位小伙子随口说出的那一句话，我不由地流下了苦涩的泪水！说实话，有谁愿意出来呀？然而，不出来怎么生活呢？

其实，这几年家乡发展得也是挺快的，特别是旅游业，十分发达。住的地方要是地理位置好，什么也不用干，就开农家宾馆，一年最少也能挣它个三万、五万的，比起外出打工，肯定要好多了。只是，不仅因为我家的地理位置不好，没有住在景区附近，也没有住在毗邻公路的地方，而且更重要的，也许我天生就不是一个会发家的料，注定了要像许多和我一样的人那样只能靠实心实意地干活去生存去生活。

清楚地记得，有一年的"十一"长假，我因无事而去开有农家宾馆的表叔家帮忙。期间，看到他家生意兴隆，吃饭的游客走了来来了走，便建议把那些菜价降一降，我说："表叔，咱把菜价降一下吧。别的不说，您看，咱们上的这些凉菜，成本也不过两元、三元，可卖给人家至少要八元、十元的（我说的一点也不为过。打个比方，比如凉拌白菜，一盘要价八元。实际呢，几片白菜叶，别说自己种的，就是到集上买，也不过块儿八角的。加上调料，撑死了不过两元钱），是不是贵了些？"结果，表叔咧嘴"嘿嘿"一笑，说："铁见啊铁见，我看人家在外都是越干越精明，可你好像是越干越傻了似的。这年头，蒙一个是一个，不蒙不黑能挣钱吗？再说了，那些城里人，来到咱们乡下，也不知道都是做什么大官干什么大事的，看起来一个比一个牛逼，根本就没有把咱们这些乡下人看到眼里，你心疼他啥呢？"末了，他又把话扯到我身上，说："你看你在外面干多少年了，可现在不还是一穷二白？告诉你，你这么实在，别说在家没路子，就是有路子也挣不到钱。"

表叔一番话，说得我心头起火却又无言以对。是啊，这年头村里那些没有出门的混混靠着表叔说的"蒙和黑"不是都发了？看看人家建的大楼买的小车，比起那些城里人，可以说丝毫都不逊色；朴实的庄稼人的本性，在他们身上早已荡然无存。我呢，如果待在家里，别说光是挣不到钱，恐怕还难以与人相处呢。这几年，村里赌博成风，听人说不仅是有钱的年轻人和有钱的小媳妇是赌场的常客，就连没钱的老男人和没钱的老妇女在赌风浸染之下也都成了赌场常客。有一次，我曾亲眼看到好几个穿着寒酸的老头和上了岁数的妇女，吭哧吭哧地沿着一条山间小路往深山里的一个赌点钻去（组织赌博的，为了逃避打击，把那些赌点全都设在深山老林之中）。要不是别人证实，我真不敢相信那些五六十岁的弯腰弓脊的老人也是去赌博的。而至于因赌博而带来的悲剧，就更不用说了，倾家荡产、妻离子散的大有人在。他们辛辛苦苦积攒的几十万几十万的那些存款往往都是眨眼之间就没了。其中，有一个女的是我同学，这些年她和老公在家乡做生意，据说挣了大约有一百多万的家产。后来，沾上了赌博，她不到一个月就把家产输了个精光；还有一个是我亲戚。他已经六十来岁了，自己平日也和我们一样干出力活儿挣钱。出力流汗好几年，终于积攒五六万。沾上赌博习性，他再也不出门干建筑了，整天泡在赌场跟着胡混。一天晚上，他赌迷心窍，一下就把那五六万元钱输了个精光。黎明时分，他因输了那么多血汗钱而想不开，结果买来一瓶农药一个人偷偷跑到荒天野地里给喝了。幸运的，是他把药喝完刚好有一个赶集的村民从他身边路过，看他因药性发作而痛得在地上打滚，马上就拨打了120，因为救治及时总算把他从阎王身边给拉了回来。

还有，还有什么呢？那就是像我这样没钱的人待在家里，其实也还会像在城里干建筑那样被人歧视。这几年农村也是物欲横流了，要是没钱没势，谁都瞧不起你。我的一个邻居，给我说的一句话，一直深深刻在我的脑海。他说，人家都说做人要有礼数（也就是懂事的意思），我看什么礼数不礼数的，这年头，只要你有钱，人家家里有什么红白喜事跑得勤一些，那就是有礼数。不然，你再懂事，也没人会说你有礼数。

哎，在外干苦力，在家吃不开，仔细想想，我们这些农民工不都是这样（不过，话虽这么讲，我还是留恋我的家，不管怎么说，那里有我的老妈有我的老婆有我的儿子，它再不好，终究还是我生命的根啊？虽然这个根已经变成了这个样子）？

2009年10月23日　晴

今天，是儿子的五周岁生日，吃过晚饭，到外面庙口的那个代销点用公用电话给家里打电话，妻子在电话里说儿子去他姥姥家了，只有自个儿一人在家。因为脚痛心里一直郁闷，想想是日思夜想的儿子的生日，本想说些快乐的事情，结果，妻说近几天几个亲戚家里有的孩子要娶媳妇，有的女儿要出门，又要花费一笔对我们来说绝对不菲的礼钱（这几年，家乡的礼钱疯涨，如年初还是五十元，但现在一下就抬到了一百元），可手里却没有一点钱了，让我的心情更加沉重了。我还想给妻子说些什么，但怎么也说不出来，只好怅怅地挂了电话。

回到宿舍，想起儿子，心酸得厉害——我这个做农民工的老爸，给他带来了什么样的幸福啊！后来，想着想着，那天带他逛县城的情景不由浮现在了眼前……

那是一个隆冬的早晨。

我牵着他走在我所务工的那个小县城里一座其实相当普通的铁板桥上面，儿子不停地惊喜地喊叫："爸爸，这铁桥真美呀！咱家里咋没有这样的桥呢？"

我说："这里是县城，咱家是乡村，建不起这样的铁桥。"心里便有难以言说的痛。

天亮了，县城的轮廓呈现出了清晰的容颜，儿子便更加兴奋不已，一会儿指着河面上游弋的各色各样的小巧玲珑的游船，说："太美了，太美了，爸爸，你带我也坐坐吧！"（彼时，儿子已是幼儿园大班的学生，说起话来对我来讲，是很洋气了。）一会儿指着路边的石头质地的山羊塑像，说"真好玩，真好玩，爸爸，这儿还有石头羊呢"…… 我不记得他都说了多少在他眼里感觉都是奇妙的事物，我只觉得其实这不过是一个小小的县城里的最普通的东西，在他眼里都是美好无比的！

他说的越多，我的心便越沉重——我这个农民工，带给儿子的，因为自身的无能和贫穷，是那样的少那样的少！

那一天，我破天荒地满足了儿子在物质上面所有的要求，虽然我知道那样必然要遭到妻子的严厉指责——在心底，我早已无法承受儿子天真的叫喊带给我的心灵上的酸涩的痛楚。

附：当天晚上，写诗如下：

家

虽然，我知道
她是生命的根
自己所有的付出终究为了她
然而
这个熟悉又亲切的字眼
于我遥远又陌生
聚少离多的日子，漂泊不定的身影
早已无情地让她成为，虚无的梦
并且只在某个夜晚，浮现

2009年11月4日　晴

今天，我听到了一则发生在一位农民工身上的可能具有极大新闻价值的故事。一位工友告诉我说：一位工人，因为住在深山区而娶不上媳妇，无奈之下，娶了一个下肢瘫痪的女人。后来，不知出于什么原因，也可能是为了维系那个母亲瘫痪、父亲年迈已无劳动能力的破败的家，也可能是其他什么原因，这位农民工的妻子的妹妹也嫁给了这位农民工。凭自己曾经多年从事新闻报道工作的职业素养，我觉得如果这是一个真实的故事，如果这则故事还未经媒体报道，那么它绝对蕴含着极大的新闻价值。所以，我就习惯性地把这件事以日记的形式记了下来，并打算再仔细打听打听，如果有可能，就自费采访一下那位农民工，然后把这个故事写成文章，寄给有关媒体或杂志。

晚上，给媳妇打电话，聊了几句，媳妇忽然无来由地说，她娘家的一个近亲表伯死了。想到过年去她娘家看到她的那个表伯还扎扎实实的，还有每次去她娘家的时候，她的这个表伯看到我总是大老远地就给我打招呼，不像庄上的一些人见我无名无分而爱理不理的，我便有些痛楚地问媳妇，他咋死了？想不到，这一问，竟又问出了故事和感慨。

媳妇告诉我，说她表伯既不是老死也不是病死的，而是喝农药服毒自杀了。怎么，自杀了？想到自杀的那些人，差不多都是一些年纪不算太大的人；还有，她表伯无病无灾好端端的，又没有什么身体上的病痛的折磨，我当即就惊讶地问媳妇她表伯那么大岁数了怎么会去自杀？媳妇接着给我讲，原因嘛，一来可能是他觉得一个人在家过着没意思，二来可能是他觉得自己活着会拖累他的儿孙。这样讲，是因为他在临死之前的那些日子里，曾给村上的人说过这样的话。哦，挂了电话，想想媳妇她这个表伯家的情况，我沉思一下，觉得媳妇说的话可能是对的。

她的这个表伯，有好几个儿女呢；儿女们都成家立业且有子女了，因此，在农村他也可以说是子孙满堂的老者了。要搁以前，他可正是享受天伦之乐的时候。然而，他的那些儿女甚至还有孙子孙女却都出去打工了，他跟着过日子的二儿子，一家五口出去了四口，仅留他一人在家种地看门。这样的景况，怎么能享受天伦之乐呢？所以说，媳妇说的第一个原因，也就是说他一个人觉得在家过着没意思是可以成立的（他的老伴早就不在人世了）。第二个原因呢，仔细想想，其实也是不难理解的。他的二儿子、儿媳妇、孙子孙女一家四口，几年前就出去了，据说除了孙女去了足疗店当洗脚妹，儿子、儿媳、孙子也是在建筑队出苦力挣钱的。那个时候，一家人出力流汗的目标就是建房，建造一座现在农村普遍时兴的楼房。也就是去年吧，他们家的楼房真的在村人羡慕的目光下气派地矗立起来了。在农村，有着这么“人生三大事”的说法，其中，一是红事（结婚）二是白事（人老）三是建房。可以看到，建房在农村是一件不易的大事。更何况这四口人外出挣钱干的都是出力和侍候人的活儿。而且，听说他们虽然打了好几年的工，可房子建成后还是欠了一屁股的债。摊上这样的家境，媳妇的这个表伯，害怕自己拖累家人也就在情理之中了。

哎，想着媳妇的这个表伯的故事，我突然感到他的情况在农村其实早已十分普遍了——大家都说城里的老人孤独，而农村的那些老人因为子女的外出务工，也同样孤独啊！而他们的孤独，因为生活的无奈和困难，比起城里老人的那种孤独显然是要辛酸和凄凉了。

我的心，便不由跟着辛酸和凄凉起来了。

槐花开了

槐花开了

嗅着浓郁的清香

我的心中又涌起了淡淡的忧伤

这个季节，我总是想起奶奶
那是艰苦的岁月
温饱是人们最大的追求
我便盼着吃奶奶煎的槐花面饼
那个时候，没有什么比这更好吃的了
我想，是我长大懂事
才知道，那时奶奶也是非常想吃槐花面饼的
只是为了我，为了她疼爱的孙子
她才放在嘴边嗅啊嗅的，又放下了
为此，我曾痛恨地自责
幼时为何那样贪嘴
让穷苦了一生的奶奶
只能眼巴巴地看着只有季节才能赠予的美食
后来
我从军入伍了
南国的疆土虽然没有洁白的槐花
我的心中却也开得绚烂无比
再后来
奶奶去世了
叔叔说，她在临终的时候不停呼喊我的乳名
未能见我的遗憾清晰可辨
我抑制不住地恸哭
眩幻的时空里
依稀看到
满树洁白的槐花正纷纷飘落

奶奶去了

我再也见不到她慈祥的面容

只有，洁白的槐花

开了又谢，谢了又开……

第十四章　情感

可能是在工地待的时间长了吧，我觉得这些出力流汗的汉子，把如今我们这个社会上看得很淡很淡的感情，都看得很重很重，而看得很重很重的原因，是因为他们家庭或命运的困窘而太缺乏关爱和温暖了，直白一些，就是说他们大多是丧失了情感的人。

2009 年 5 月 16 日　晴

上午，正在干活，媳妇突然给柯叔打电话说广东有人找我（出门时我没带手机，到了工地也一直没买），问我会不会有什么急事？我知道她这个农家女子一急就说不好囫囵话，便想了一下，问她打电话的人告诉她什么了？

这时，媳妇才“噗嗤”笑了，说是急迷了，告诉我其实人家没说啥，只是让她转告我：他一直没有联系到阿黄。

我明白了，给媳妇打电话的是我好几年前在广州打工时认识的一个精瘦精瘦的叫做阿冬的湖南小伙。那个时候，我们在一块搞物流，相处得可好了。特别是阿黄，我俩的关系更是真挚、深厚。分别后，我因没再联系上他，以及他那突然颓废了的人生态度，让我一直难以释怀；此时，于工地提及他，我亦不由想起了我和他的故事：

阿黄只是姓黄，因为在南方，人们相互之间都是在姓氏前面加个“阿”字这样地叫，我便叫他阿黄了。那个时候，我们都在一个货运市场从事物流工作，两人虽然不在一个公司，但因为两家公司的档铺门对着门，再加上从事这个行业的多是一些没有文化也没有什么素质的人（阿黄是本科文凭），我俩相识不久很快就成了朋友。

后来，我发现阿黄和我一样，彼时都是空有抱负而因各种原因又无法实现的那种落魄的人。他对我说，他以前一直在银行工作，由于意外事件不仅失业了，而且很长一段时间竟然连一个一般的工作都没有寻到，最后不得已只好到物流公司做起了会计。

这样，同是天涯沦落人的心境，使我和阿黄之间的关系变得更加亲密起来——我们不仅像朋友那样在一起开怀地谈天说地、东游西逛，而且还互相安慰、互相勉励，彼此鼓舞着不要自我放弃不要自我消沉。我记得,阿黄的理想是将来开一家公司。他满怀激情而又信心十足地说:“在学校我一直就是尖子，以后如果不混出个名堂，那真是太对不住自己和家人了！”

俗话说“人生在世，知己难求”，况且又是在那么一个乱糟糟的甚至可以说是愚昧和着野蛮（在货运市场，因为争抢货物而时常发生凶残打斗的事件）的环境下衍生的友情，随着时间流逝，阿黄和我简直是形影不离了，我们常常悄悄溜出去，拎着啤酒，在附近居民区的一个公园里惬意地闲坐、聊天，快乐地打发着那些因为失落而有些灰暗的时光。

我想，也许就是基于这种真挚的友情吧，当我发现阿黄沉溺于色欲的泥淖而已然有些不可自拔时，便以调侃的语气真诚地劝他不要陷得太深了，我说玩物丧志而玩女人更丧志，如果一味迷失在女人的怀抱，怎么能够实现自己的理想呢?

阿黄笑笑，有些不好意思还有些心不在焉地说:“没事，没事，这个我自有分寸。阿姬，什么时代了，你还这样保守啊！”看他那样，我的心中不由涌起了难言的苦涩和无尽的担忧——毕竟，我们早已成为无话不谈的好友，对他这个完全可以毁其前程的嗜好，我不可能无动于衷;况且，阿黄此时和我一样，正处在人生和事业的低谷，心态和意志是很容易被本能的自我发泄的欲望诱惑和侵蚀的。

也就是秋天的一天，我因家中有事而不得不辞职返乡。走在为我送行的路上，阿黄很是伤感和留恋，他勉强挤出笑容，黯然地说道:“阿姬，你这一走，我不知道我一个人还能在这里做多久?”而我，不仅同样伤感和留恋，而且还隐隐地为他那个嗜好担忧——我很想再次劝一劝他，但数次话到嘴边又咽了回去，我怕在这分别的时刻，会因旧话重提而不经意地伤了他。

之后，眨眼就过去了一年；其间，我曾多次给他联系，但因他的手机换号一直未能如愿。只到一年多后的一天，我因有事而再次赶往广州，一下车急不可耐地跑向我和阿黄曾经打工的货运市场，梦想能够寻到阿黄。结果，我所在的档铺已经物是人非、改弦易主，阿黄所在的档铺虽然还是那个样子，只是档铺里的人说阿黄在我走后不久就辞职了。

我追问他现在在哪里，能否和他联系？阿冬挤着眉眼，说道："早些时候，知道他包了一个小姐，因为经济拮据而不得不跑到远远的郊区租房和人家胡混着过日子。后来由于他的手机换号也就联系不上了。"

那一刻，我的心中真是犹如打翻了五味瓶，一时不知该说什么才好——阿黄，曾经那么豪情盖天的阿黄，真的在灯红酒绿的漩涡里迷失、沉沦了！而人生，竟然真是这样的无常，这样的令人唏嘘和感慨（此时，在工地，我又这样感慨了一番）。

2009年7月4日　阴

下午休息，我又信步走向工地附近的那个村子转悠。也许自己家在农村的缘故，也许因为喜爱看书而身上多少有着一些文人常说的那种诗情画意的东西，我一直喜爱村庄，特别喜爱那些落后的古朴的村庄，我觉得这样的村庄特别亲切特别安详，走进她，内心总有一种久违的清新的舒适。

走进村庄

我们或许已经忘了
弥漫着柴火气息的村庄
浮躁，时代的浮躁
吞噬着心灵的湖泊
风干了精神的家园
于是
有一天，我们拖着疲惫的脚步
不经意走进村庄
蓦然发现
它那样安然，清新
一株草一朵花
或一只鸡一头牛
都让我们产生久违的感动
城市，也许是必然或者是无奈的选择
只是，不能忘了村庄
走进它
我们的心田也许不再干涸
我们的生活也许不再沉重

2009年8月24日　阴转晴

今天下午我被安排在市区医院务工，主要负责为大工——也就是老师儿供灰。干活儿的地方，隔着大大的玻璃墙，可以看到形形色色的人在走廊内穿来走去。其中，那些衣着时尚、相貌靓丽的女人，磁铁一样牢牢吸住了我的眼睛——别说我贪色，因为我是一个非常本分的男人。只是，在工地，一天到晚与一群爷们待在一起，时间长了，就特别想女人，哪怕看几眼，也是美事。后来，一个穿着黑色吊带裙的女人，不经意从我眼前飘了过去，待回过神来，只给我留下一个非常非常美丽的背影。我中了邪似地愣在了那里，好想跑过去看一看她的容颜，无奈被玻璃墙隔着，只能呆呆傻想：那是一个怎样美丽的女人呢？

哎，真的就是这样的，虽然这说起来不仅有些好笑有些低俗，而且还好像与我们身份不太相符，但我们再下贱，终究也还是有着七情六欲的啊！记得晚上睡觉的时候，听到宿舍外面马路上“嗒嗒嗒”的女人的高跟鞋的声音，我在莫名地兴奋和躁动的同时，还曾可笑地胡想：发明高跟鞋的人，真是太了不起了，光是听到那“嗒嗒嗒”的声音，也会让人想入非非呢（一天晚上，我竟然还因此而遗了精。虽说还算年轻，但终究已是三十好几的人了，看到我的窘况，工友们为此笑话了我好一阵）。

2009年9月12日　阴

今天一整天我都在琢磨《秋野》这首诗的创作思路，可是想了一整天，却依然没有头绪。其实，在此之前，我已想了很久，但因为关于“秋野”的意韵实在太多，怎么也想不出新颖的主题。为此，今天觉得非常苦恼，可也没有办法。所以，暂时把它写作笔记，以便日后继续创作。

晚上，我正在宿舍傻坐，那个在外包队负责粉刷涂料的个子高高的小伙子，站在门口一个劲地向我招手；走出去，他一把攥住我的手，把我给拉到了他的宿舍。落座后，我才知道，原来是他请我喝酒呢，而请我喝酒的原因，是因为几天前我正在喝酒时看到了他，碍于情面，便死劲拉他一起喝（我这个人就是这样，因为实诚，十分在意面子），他呢，喝了我的酒，感觉不好意思，就记在心里想着日后回报了。

可能是在工地待的时间长了吧，我觉得这些出力流汗的汉子，把如今我们这个社会上看得很淡很淡的感情，都看得很重很重，而看得很重很重的原因，是因为他们因为家庭或命运的困窘而太缺乏关爱和温暖了，直白一些，就是说他们大多是丧失了情感的人。于是，当他们得到他人的关爱，不管这份关爱有多么的平常和淡然，他们都会深受感动甚至铭记终生的。

我曾记得，看到在一个宿舍住着的一位工友因为感冒喉咙发炎后而不停地咳嗽，一副十分痛苦的样子，我就到厨房给他打了一杯热开水端给他，并劝他得赶快吃药；想不到，对于我的这个实在是微不足道的善举，五大三粗的他竟哭了起来，而且，哭得还十分厉害，大伙劝说了好长时候，谁也没有把他劝住。当时，我们谁也不理解他到底是怎么了，有人以为他可能是由于感冒不舒服的原因，但想想他受了伤或流了血眼睛从来都是眨都不眨的，又觉得不太像。后来，我见他把我拉到外边，哽咽着告诉我，说他长这么大还没有见过像我这么好的人呢，更是惊讶和不解！不就倒了一杯水吗，有什么可感激的。直到了解他的家境，听别人说他的父母很早就去世了，很长时间都是自己一个人过日子，才沉沉觉得他说的话可能会是真的。

我的其实真的是微不足道的细致和热心，想不到竟会在一个情感粗砺的农民工的心中生发那么强烈的感动——刚刚想了往事已是微醉的我，看着眼前这位对我还是那么感激涕零的工友，也不知酒精的作用还是触景生了情，眼角突然就涩了起来——

我的工友，我的这些天大苦难面前从不流泪，却在点滴关爱之下泪水泛滥的工友啊！

2009 年 10 月 1 日　晴

今天上午，当我怀着激越的心情，准备通过电视观看阅兵盛况时，却发现偌大的工地，竟没有一台供工人观看的电视，急急忙忙跑向毗邻工地的小卖铺，打算到那里看。结果，站着瞧了一会儿，发现人家因为我不买东西而只是一味站着看电视而露出不悦的神色，不得已又返回了工地。后来，庆幸在工地一位技术员那里通过笔记本电脑总算是凑合着看了令亿万国人热血沸腾的雄伟大阅兵——因为网速受到限制，电脑屏幕不时出现停滞现象。

2009 年 10 月 3 日　晴

昨天下午，新近刚来的工长让我们三个人干包工的活儿，说是三个人截至今天上午，把三大车白灰筛完。昨天干了一个下午，我们呛得鼻涕连天、满身灰白，结果却筛了还不到三分之一。很明显，这是一个没人想干的活儿，工长之所以让我们这三个人干，是因为我们干活儿向来老实（在工地，就是这样，干活儿越是老实工长就越是给你派脏重的活儿）。后来，看到铲车过来铲白灰，我无奈地指挥司机先把还没有筛好的白灰铲走。这是我到工地以来，第一次弄虚作假，虽说筛灰只是遵照领导安排支个筛子仅让监理观看，我们只是潦草地把一些较大的石拣出来，但我还是感到心虚。只是，即便铲车铲走了一半没有筛好的白灰，我们还是一直不停地干到了中午。

2009 年 10 月 4 日　晴

夜里，起床小便，看到满地的清辉和皎洁的明月，心情潮湿起来，昨天晚上——也就是中秋晚上的感觉好像此时涌现了。躺到床上，睡不着，想着想着，就想起我和妻子的那个两个人的中秋：那年，因为过了中秋节，妻子就要分娩，我也好多年没有与亲人一起过中秋节了，亲情和乡情把我从远在千里之外的城市拽回了故乡。父亲已远离尘世，弟弟在外谋生，那次团圆依然不能算是我心中的团圆，明月下我的心情，仍然有着难以言表的淡淡的阴郁。

也许毕竟是乡下人，也许母亲早已习惯了子女远在他乡的日子，我感觉不到她有多大的惊喜，况且秋夜微凉，弱不禁风的她，早早就睡了。空旷的院落，妻子依偎着我，即将做母亲的喜悦和与我团聚的甜蜜，使她看上去安详而又兴奋。我的心，便随着明月渐渐明朗起来。

两个人的中秋，只能是絮语了。妻子嗔怪我，说婚后对她的爱恋越来越淡。我不承认，她便把我以前写给她的情书拿出来，就着明月一封一封地念给我听。那些有些幼稚但却滚烫的词语，使我突然炽热起来，人到中年，重温热烈得近于癫狂的情书，心境竟然有些无所适从。妻子看我羞臊难耐，便故意顽皮地大声读我写的最热烈的语句。我听着听着，肉麻得终于难以忍受，急忙双手掩耳，忙不迭地求她："千万别念，千万别念了！"她便"咯咯"地笑，空寂的院落霎时欢悦起来，中秋的气氛也一下子浓了许多。

妻子提议到外边走走，我牵着她的手，走在洒满银辉的小路上，看着月光下墨绿的乡村田野，听着小河里哗哗的水声，一种纯净安谧包围了我，使我沉浸在似在梦中的缥缈里——多少年了，投入喧嚣的都市，为物质的欲望诱惑着，为物质的欲望奔波着，心灵已近乎钢筋水泥般麻木与粗硬。故乡的中秋啊，此时，你滋润了我干枯的心田。

我们就那样来来回回地漫步，我怕妻子累着，劝她早点休息，但她撒娇般地搡我一下，说此时此刻一点儿也不累，让我陪她再走一会儿。我知道，妻子的兴致，不仅因为那夜是中秋，更是因为我们离别得太久。

那个月圆之夜，很晚了，我躺在床上，看到妻子不时艰难地将身子翻来覆去，我也难以平静。望着窗外那因为夜深而显得有些冷艳的月光，我浮想翩翩：因为经历的不同，很多人对于中秋的感觉其实是不一样的。我的这个两个人的中秋，虽然平淡，却是一次难得的美好的团圆了。

夜，深了。想到普天之下许许多多独在他乡的人，因为种种的无奈，注定要在切切的思念中，翘首仰望那轮梦中故乡的圆月，此时的我，也就更加怀念那个我们两个人的中秋了。

附：躺下后，我睡不着，又起床到外面，看见圆圆的月亮正在云间轻快地穿越，便在心里祈祷——来年，希望能和妻儿过一个团圆的中秋！

2009年10月7日　阴转小雨

今天工地一下进了二十多个工人，加上近几天陆陆续续来的，约莫已有六十多人了，这与眼前的填土这一施工项目相比，明显多余了，然而，听别人讲，近期还会有人前来务工，毕竟，收完秋就没事了，不出来赚些钱，都是养家糊口的，在家闲着终究不是办法。

哎，怪不得建筑工人的日子艰苦呢。原来，干这个行业的人太多太多了，人家根本就不在乎你愿干不愿干，反正就是这个条件，你不干有人干，那待遇怎么能好呢？再说了，这些工人，要不没有上过学，要不斗大的字识不了几个，不到工地做苦力，还能干什么呢？我的可怜的农民朋友啊！

晚上，小雨淅淅沥沥的；淅淅沥沥的小雨，使我滋生着莫名的淡淡的忧伤，隔着竹胶板看着墙缝外面蒙蒙的雨雾，我觉得好像有个女子，正哀婉地站在那里——哎，这些天，也不知是不是中秋思乡的原因，老是多愁善感。

2009年10月11日 阴转小雨

因为上午下了一阵小雨，地上到处是泥巴，下午上工时“炮手”说要休息，我问他要不要给工长请个假？他说，不要不要，如果工长问了再请假；要是不问，说不定就能多蒙半天的工。我知道，他是几天前曾经看到工地人多而蒙了半天的工尝到了休息还有工的甜头，就答应着自个儿一人上工了。

快要走到施工场地的时候，我突然发现工长从侧旁迎面向我走来，这时，看着他那终日都是那么严肃的面孔，不知怎的，我脱口就把“炮手”休息的事以捎假的方式告诉给了他。我不知道自己为什么会那么做，而且因此觉得有些对不住“炮手”，因为我感到如果我不说他休息的事，工长可能就不会知道。

后来，我想，还是自己太老实了，而且相信在工地像我这样老实的本分人，可能还有很多很多。

2009年11月21日 晴

今天，工地要放假了。听到这个消息，我们不仅个个欢呼雀跃，而且还高声吆喝了起来：“哎，苦日子终于熬到头了！”

我悲喜交加，万千感慨无法言说，近一年的小工生涯，带给我的感受真的是太多太多了……而此时此刻，感触最深的，是那些血汗钱的来之不易——这个时候，不知怎的，我油然想起了先前那些在各种各样的媒体上面看到的农民工为讨薪而跳楼自杀的报道，对于他们这种在很多人看来过于极端甚至是扰乱社会秩序的行为，此时我在内心深处有了一种深层的同情和理解。我想，如果一个人几乎用自己的生命换来了一千元或是比一千元还要少的钱吧，那么这些钱的意义在他心中可能就是自己的生命。那些农民工跳楼自杀，主要原因可能就是那些钱因为来得不易而在他们心中有着超乎寻常的分量。

别了，小工生涯；别了，这段在我的生命中注定要挥之不去的小工生涯！

2013年4月4日 多云

今天是清明节，为了寄托对父亲的哀思，我又满怀伤感地读起了以前写就的题目为《雨中的祭祀》的这篇文章（从家里出来的时候，我带了很多以前写的稿子。这是我多年的习惯了，想着没事的时候可以读一读）。

又是一个清明节，那些远离尘世的灵魂，总使我们油然而生一种浓浓的伤感，不管天空是否雨纷纷，心总是潮湿的。

我在北京打工时，接到了父亲病故的噩耗。父亲生病，我是知道的，但想不到他竟然会这么突然地离去。

回到故乡，父亲已经下葬。曾经对别人失去亲人哭泣不已而难以理解的我，站在父亲的坟前，泪水亦是那样的恣肆！

在村子里，父亲是一个老实巴交的农民。故乡的山坡，有很多地方都留下了我与父亲的足迹。那是我与父亲一起上山砍柴或者搞副业挣钱。尤其是秋冬二季，我与父亲不是到山上捡拾橡壳（一种树上结的可作工业原料的果壳），就是割荆条（煤矿上用来铺垫煤窑的材料）卖钱。这些东西很贱，我与父亲在山上忙活一天，累得半死也挣不了几元钱。冬季，父亲那双割荆条的粗糙的手，裂着宽宽的缝，缝里露着血红血红的肉。

父亲的背很早就驼了，虽然仅仅只是吃饭这样一个问题，但对于父亲已经越来越显得力不从心。田里的地，都是别人早就种好收好了，父亲还在起早贪黑地忙着；炎炎夏季，早已利用农闲储存了高高一垛柴禾的村里的人们，都在乘凉消夏，父亲还要顶着烈日去上山拾柴。

少时我对父亲其实并不是很敬重的。不很敬重的原因，是因为父亲太老实了，老实得让我觉得几近窝囊。村里的人，有什么事有求父亲，他们肯定会如愿而归。诸如换地啊调地啊等等，父亲往往是有求必应。这样调来调去，我家的地不是调得离家远远的，就是调成了土质不好的水洼地。有时，对于明显是自己吃了不少亏的事情，父亲起初也会面含歉意地拒绝别人，而这时，有些心计的村民，如果给买些烟，父亲依然会改变初衷，答应下来。我对父亲简直是又气又恨，恨他根本不像个男人！

不管怎么说，父亲再老实、无能，毕竟是我的父亲。这些年在外奔波的我，一直有个心愿：等混出名堂了，一定要把父亲接到城市里，让他过一段从没过过的生活。于是，我一直在外东奔西闯，很少回家探望父亲，然而，如今我依然一文不名，而父亲却走了，让我徒然感叹父亲那悲苦、坎坷的一生。看来对于亲情的回报，真的应是日常里那些点点滴滴的真实的关爱。如果像我一样，梦想发达了再去回报，可能就会酿成终生遗憾。

那天，我站在父亲的坟前，天阴着阴着，就淅淅沥沥地下起了雨。于是，冷冷的雨，肃穆的山，悲切的气氛更加浓重。透过濛濛雨雾，我注意到父亲的坟坐落在山脚下，背后是山，前面是河，按照风水先生的说法，可谓阴宅的风水宝地。我想，这里山清水秀，给了父亲一个宁静的安息之所，应是让人安慰的。然而，父亲终生劳苦，与大山苦苦相伴一生，始终没有走出那片天地，实乃我的无能、不孝。

第十五章　理想

罕见的神色，不仅让我吃惊，而且让我彻悟：也许这就是他们能够忍受苦难、负重而行的精神支撑吧！虽然这种精神支撑在很多人眼里看似不以为然甚至庸俗可笑，可它迸发的能量，因为常人无法想象的沉重的生活，在他们身上却是巨大而又巨大的！

2009年5月6日 晴

因为昨天晚上彻夜加班（我们干的是打地面的活儿，如果白天干，人来人往弄不成），今天我们这些工人全天休息。

到了下午，我再也睡不着了，便起床翻阅、改写我那从家里带来的一些稿件。其实，去年年根儿在家里的时候，我就有了到工地写作的念头。不光是杂志社的编辑曾经对我给予过鼓励，而我自己也感觉真的不能放弃了坚持已久的梦想。期间，对我触动特别大的，是这么几件事情：

其一，我的一篇题目叫《沉重的欲望》的稿件，投给杂志社之后，那位对我一直十分关注的编辑说我的稿件基本已被选定，让我把自己的简历给他们寄一份，以便刊稿使用。那个时候，我激动啊！因为写了那么多年，我还从来没有发表过什么小说呢。稿子发了，可以说是我的小说处女作。我开始像小时候盼望过年时那样激动地盼望那样激动地等待。结果，等了一个多月，我实在忍不住了，给他们打电话，那个编辑在电话里语气黯然地告诉我，稿件给毙了。原因，是杂志社里的编辑对我的稿件存在异议。激动地盼激动地等，结局如此，失落可想而知了。我没再问什么，但能感觉到可能是我的这篇反映农民工的家庭生活的稿件太写实太不正面了。

其二，我的一篇题目叫《算来算去算自己》的稿件，投给杂志社之后，虽然也是如此一模一样的结局，但说来更加耐人寻味。这篇稿件是我在矿山打工时所在那个县城里面一位教育系统的退休领导举荐的。我和他是在一次征文活动中结识的。后来，他看我文章写得还算可以，极力建议我参加他所领导的县级作家协会；得知他熟识文学杂志编辑，我把自己写的这篇小说交给了他，希望他能帮我走下“近路”。结果，他看了，说文章写得确实不错，比作协那些会员写的东西都要好，如果再去杂志社，就把我的稿子亲自转交给编辑。也就是几天以后吧，他打电话给我说，稿子不仅交给了编辑，而且人家答应说可能马上就会刊用。我就又开始激动地等激动地盼，一天又一天，还是像小时候盼望过年时那样热切地企盼。直到两个多月后，我依然没有盼到梦想已久的讯息，就忐忑地到他家询问。这时，他看上去极其无奈地给我说，稿子又给毙了。过一会儿，他看我一言不发，就安慰说，现在这个社会到处都是这样，干什么都要看关系讲情面，如果真的想登稿，他再去杂志社，我跟他一块儿去，请人家吃顿饭加强一下感情，想来可能会容易一些。也许是因为渴望太切而受的打击太大了吧，我什么也没说，转身就走了。在那静静的了无人迹的河岸边，我终于抑制不住自己的感情，失声恸哭了起来……

其三，是我的一篇怀念奶奶的诗歌《槐花开了》，写的时候，几度泪流满面；读的时候，亦几度泪流满面，投给杂志社，编辑却说：“这也是诗？”那话意我能接受，我这个农民工的水平真的太差太差了吧，但那语气我却不能接受——不管咋讲，我终究是被自己感动哭了啊！他怎能如此轻描淡写呢？

所以，没事的时候，我总会不由自主地阅读和改写这几篇作品，毕竟它们可能不仅代表了我最高的水准，而且还有故事在里面呢；这样做，我知道既是为了自我欣赏自我提高，也是为了自我鞭策自我鼓励。

2009 年 11 月 3 日　晴

上午干活儿时，我们几个工人正在闲聊，其中一个工人问一个个子不高、已经没了牙齿的老光棍汉，说家里存了多少钱？他笑笑，说大概有七八万吧。七八万？出苦力存这么多钱，那可不容易。于是，有人就笑着对他说：“一个人存那么多钱干什么呢？我看你还不如多出去玩几个小姐呢？”这时，他的脸倏地一红，又笑着说：“我没那个爱好。不过，我也没有打算把那些钱永远存起来。我计划以后出去旅游，先在国内转，然后去香港和国外转。你们说这样消费好不好？”“旅游？咱们干活儿的还出去旅游？我看你真是会瞎糟蹋那些血汗钱，这哪有吃吃喝喝实在呢？”那个问他的人这样说完，又问周围的工人，“你们说我说的对不对？”结果，那些工人笑笑，不仅都说“对，对”，而且还一致认为老光棍汉那样做真是太傻了。我在一边听着，不仅不由地就对老光棍汉升起了一种深深的敬意，而且还在心底暗想：在建筑工地，像他这样依靠出苦力挣钱的人，能够有着这么高雅、有益的消费观念，真是罕见、难得。

让我想象不到的，是后来顺着老光棍汉的话题，大伙七嘴八舌谈论起了各自的理想。他们有的这么说，有的那么说，我听着，仔细梳理了一下，发现大多数人的理想，其实都是一样的，就是希望能够多挣一些钱，把家里的房子给盖了，使自己的生活过得好一些。特别是河南林县的那些工人，其理想几乎千篇一律就是为了盖房。当时，我有些不解，以为他们是起哄闹着玩呢。结果，一打听，真的都是为了盖房。想想林县的工人早已世代以建筑为生，好像还有两人在北京成了极其有名的建筑大亨，并且有人以其为原型拍了一部励志电视剧，觉得他们的理想可能有着自己独特的精神寄托和地域特性吧（我从他们嘴里探知，他们为理想而建造的房子，几乎和城里的房子一样华美）。

不过，大伙还是普遍讨厌干建筑，说这个活儿最没出息最受罪了。特别是几个年轻一些的，说现在自己吃苦受累，就是为了把孩子培养成材，让他们将来能够找到一个好的生路，千万别再像自己一样在建筑队当泥巴子了（听他们这样讲，一个林县的工人，还用家乡话笑着说：想受罪，嘎筑队）。

其中，我的一个老乡说道，他从八十年代就开始干建筑了，那时一天只有五毛钱，一直干到了现在。因为干这活儿干久了，现在什么也干不了了。不过，让他欣慰的，是他的小孩学习非常好，大人不用管，可用功了。常言道，穷不过三代，富不过三代。他想他的孩子将来一定会有出息的。

而最可笑的，是“炮手”和那个叫做怀亮的老同志了。先说“炮手”，只见他咧开大嘴，笑了笑说：“同志们，告诉你们，我的理想就是每年出来玩一百个小姐。”老同志怀亮说：“我的理想，就是赶快把欠人家的赌债给还了。”

“炮手”那么讲，憨子一个，没什么大惊小怪的，怀亮那么说，就有些让人唏嘘了——他家就住在附近一个小县城的农村。他的两个女儿都出嫁了，现在只有自己和老伴两个人在家过日子。要说，已是六十多岁的他，在家种点地养些鸡，和老婆安享余年之乐那是再好不过了。不料想，他打麻将赌博赌上了瘾，最后欠了一屁股的债，没办法，就跑到了建筑队，指望挣了钱好还债。

说到此，我想不再啰唆几句真是意犹难尽。说什么呢？就是说怀亮到了建筑队，还留恋打麻将赌博呢。我们干了一天活儿，身疲力乏的，老早都睡了，可怀亮总是吃了晚饭就往工地附近的一个麻将馆跑。结果，老去老输，在工地又二十元、五十元地欠了人家一屁股的债。想想看，白天累死累活干了一天活儿，晚上熬夜输钱，那是多大的不合算啊。直到最后再也没人借钱给他，加上别人给他说“去那个麻将馆打牌啥时候都不会赢，原因嘛，是因为麻将馆里那些打牌的人都是合伙专门骗生人的”，他才住了手。

我不知道，他们说的这些理想还能否叫理想，毕竟以我的观点，觉得理想应该是远大或者高尚一些的，只是我发现，此时此刻，说起理想这个话题，大家好像都十分地兴奋十分地激动，脸上明显流露着掩饰不住的骄傲和自豪！罕见的神色，不仅让我吃惊，而且让我彻悟：也许这就是他们能够忍受苦难、负重而行的精神支撑吧！虽然这种精神支撑在很多人眼里看似不以为然甚至庸俗可笑，可它迸发的能量，因为常人无法想象的沉重的生活，在他们身上却是巨大而又巨大的！

难堪的文学梦

为文学我所付出的，已不想用过多的文字表述，因为那些付出我自己觉得用文字已经难以详尽地描绘，概括地说吧，二十年来为文学我失去了太多太多在这个物欲时代很多人都以为是最为至关重要的东西（比如金钱和工作），结果，已是四十多岁的我，至今不仅一文不名，而且一贫如洗。

这样说吧，一文不名我虽心有不甘但还能够接受，可一贫如洗如果不是为了文学我是千万千万不可能的——不管干什么，凭着我那股子钻劲和不怕吃苦的劲头，我想多少总会有一些收获的。

怨谁呢？虽然为伊消得人憔悴，但我又知道并不是每个文学追求者都会功成名就的，怨言其实是没有的，大不了从头再来，况且，在这个世上，有多少人不是在浑浑噩噩、碌碌无为地度着时光？

想说些什么呢？仔细想想，其实我想说的是在这个功利时代文学的没落和悲哀，君不见现在的文学作品有多少不是无病呻吟、哗众取宠？其次，是人们对文学那种无奈的冷落和漠视。前者，我是不敢妄加评论的，毕竟自己还是一文不名，而后者却深有体会——

当我为文学而失业的时候，我身边至爱的亲人便纷纷劝我不要再倒腾文字了，他们说现在做文人在社会上根本就行不通了，再倒腾下去，恐怕你连自己基本的生活都保不住。

简洁的话语，如沉重的石头，狠狠地敲打着我的自尊——我知道，他们那样讲，并不是为我一个人而忧愁，而是为我一家人而忧愁。如果一个男人连家都养不起，他还是一个男人吗？况且，我那么爱自己的家。

我便有些动摇了，我和我的家人终究都是食着人间烟火的凡人；同样的人，而我却要让妻儿跟着我吃苦受累，对于她（他）们，公平吗？

特别是那一天，当我看到妻子因为我要买电脑（还是旧电脑）打稿而为钱愁眉不展的样子，和幼小但已初谙人事的儿子哭着说“爸爸，别买电脑了，别买电脑了！你把钱花了妈妈就没钱给我买零食了”的顽皮却又可怜的模样，我心碎得几乎要流出泪来。

即便如此，我想，世上有许多事情真的就是这样吧——拿得起，放不下。倘若真的要让我放弃文学梦，我想自己真不知如何才能做到。

怎么办？我想，为了生活，为了文学，就让我以无心插柳的心态，继续艰难地追求那也许还很遥远的梦想吧！

第十六章　归途

哎，在我们这些农民工的眼里，保险的意义，哪能抵得上虽是微乎其微但却实实在在的四元钱的分量啊！

渐行渐远的，是吃了一年的苦受了一年的累；越来越近的，是想了一年的家做了一年的梦。

2009年11月24日　晴

记得来的时候，自己一个晚上没有睡觉，而要回家的这个晚上，依然一个晚上没有睡觉。

才4点多钟，“炮手”就叫嚷起来了，结果，一闹腾，都起来了。我们开始收拾各自的行李，把那些还能穿的破衣服一件一件叠了，一股脑儿地往装了被子的蛇皮袋里塞。其中，一个老乡还把一把新铁锹的把给褪了，用衣服包着塞进蛇皮袋。我知道，那是他几天前偷梁换柱把别人的铁锹给拿跑了。哎，一把铁锹，值几个钱呢？犯得着去偷吗？然而，他却宝贝似的，说新崭崭的，回家能用好几年呢！

一番折腾，屋里顷刻之间便仅是床铺和垃圾了，看着一个又一个大大的蛇皮袋，我突然觉得有些滑稽和可笑：这大大的背起来十分费事的蛇皮袋，它能值几个钱呢？如果用价值去衡量，恐怕我们把它扔了连要饭的都不会去捡。穷，不还是因为穷吗？

我在心里自嘲似地笑了笑。

赶到市区的公共汽车站，我正要买票，一位老乡突然拦住我说：“别在这个口上买，这个口上买的票都要加保险，要多花四元钱呢。”

我果真就听了他的话，到他用手指指着的那一个售票口去买票。不知咋回事，这个时候，我竟然想起了我们来时乘车翻越太行山时看到的一幕：一辆四轮朝天、面目全非的大客车，极其刺眼地躺在深深的令人眩晕的谷底。

哎，在我们这些农民工的眼里，保险的意义，哪能抵得上虽是微乎其微但却实实在在的四元钱的分量啊！

没有想到，到了这个时候，酸涩还会向我袭来。

车轮滚滚，大巴车在国道上匀速地行驶——

渐行渐远的，是吃了一年的苦受了一年的累；越来越近的，是想了一年的家做了一年的梦。

附　录

“炮手”——憨友阿成

阿成，是我在建筑工地打工时结识的同一个乡里的工友。

其实，至今我还无法断定他到底憨不憨？因为说他憨吧，可他泡小姐却非常内行，往工地附近那些曲里拐弯的胡同一钻，他一眼就能看出胡同里形形色色的女人，哪一个是小姐。要知道，这些小姐有不少是白天务工晚上卖身的暗娼，如果没有“好眼力”，那是很难一眼看准的。

还有，阿成和相识或不相识的女人打起电话，那真是妙语连珠、才华飞扬，很难让人相信他竟是一个小学还没有读完的文盲（但我一直认为阿成还是憨，毕竟他说起话来总是颠三倒四、信口开河，结果，有时无意识地伤害了人，惹得人家要揍他，他却没事似地还在“嘿嘿”傻笑）。

我之所以要写阿成，是因为他那时对我们宿舍的工友来说，作用真是太大了！建筑工地的日子不好熬，上班不看时间而看天色，春夏秋三个施工季节都是两头黑，早晨蒙蒙亮就要起床，下午天擦黑才下班，说白了一天就是两个节奏：干活，睡觉。

工人们累那是不言而喻的，十几个小时的劳动时间在那站着的，即使不干活，熬也把人熬垮了，何况不干活那就是白日做梦。

还有呢？那就是生活的单调和枯燥。人毕竟都是有思想的，建筑工人的头脑虽然大多都很简单，可也需要简单地丰富，否则，只知埋头干活而没有一丝精神上面的欢愉，那就不能叫人只能说是机器了。

欢愉从何而来？很久以来，都由阿成为我们提供。先说白天吧，大家在工长监视下，机械地劳动着，乏味和枯燥总是让人觉得时间格外漫长，然而，这时如果有阿成在场，就不一样了，大家勾着头轻声地你一句我一句地用荤话逗着他（工地干活儿时是不让讲话的。勾了头，安全帽恰好遮着嘴巴，工长便很难发现是在说话），感觉手上的活儿就不那样苦累，时间不再那样难熬了。

再说晚上，大家因为劳累而唉声叹气地躺在床上，阿成新闻联播似的演播也就开始了。这时，总是有人会说："阿成，再给弟兄们讲讲你玩小姐的经历。""阿成，免提打开，给你手机上存了号的女人打个电话，让弟兄们听听！"

我想，可能是憨人大都有着特别强烈的自我表现的欲望。这时的阿成，别提有多兴奋了，谈自己玩小姐的经历，他好像早已看透了大家是最喜欢听那些细节性的刺激性的内容了，专挑最撩人的东西眉飞色舞地夸夸其谈，什么"自己吃了黑金刚壮阳药，一连搞了四个小姐鸡巴还硬挺着，吓得鸡头赶紧给他讲好话求他别玩了"，什么"搞了一个还没长那黑乎乎的'玩意儿'的小女孩，弄得人家眼泪都流了出来"等等，绝对刺人听觉，撩人情欲。

打电话呢？也是撩人得不行，那些不知何种身份何种档次的女人，在阿成淫秽地诱导下，个个浪得令人难以置信，不仅说着一串又一串的下流话，而且还时不时"嘻嘻"浪笑两下，好像要急切让人操呢！

鸦雀无声的宿舍里，便不时响起"精彩"、"过瘾"的称赞——一群渴望情欲却又无处发泄的汉子，可能都在听觉中欢快地完成了意淫。（肮脏？龌龊？宿舍里的人，有谁会这样意识？在他们眼里，欢愉怎么会有

高尚和下流之分呢？只要能赶走疲惫，只要能开心，就行了，说别的，那都是瞎扯。这样的人，也只能是这样了）

然而，除了我自己，我发现大家对阿成的作用却毫不在意，有人甚至还认为他原本就不应该和我们在一个工地打工。原因，就是因为阿成的憨和色。

因为憨，他不时在工长面前无意识地揭露谁谁干活儿滑头谁谁干活儿不认真等等（如有一次阿成和我们一起到地下室清理卫生，因为里面非常肮脏而且也比较黑，大家就认为工长不会进来查看，胡乱干了片刻，就坐在里面聊起了天。这时，阿成因为憨实，一个人埋头在口儿上干了起来。结果，半晌时分，工长突然走了进来，阿成因为害怕工长怀疑我们偷懒而把自己也搭了进去，赶紧解释："工长，这外面的一大片地，可都是我一个人扫的。"让仅是查看电路的工长不得不狠狠说了我们一通）；因为色，他溜进女厕所，欲非礼其实已经和他好上了的女工，结果被女工老公发现后打了个半死。

宿舍里的人，大都和我一样是阿成的老乡，大家知道阿成的憨，所以对他毫无意识地揭短虽然恨得咬牙切齿，也只能是忍着了自认倒霉。他那样的人，你打了他，过不了多久，说不准还会在工长面前讲你的不是。因为他压根不愿告别人的状，所以都是无意识地说了别人的不是，就这么一个憨子，能有什么办法呢？

大家嫌他，是因为他的憨和色给自己脸上抹了黑儿——大家谁也不愿听工地上的别的地方上的工人，指着阿成说："这个 ×× 地方上的人是个色狼是个二球！"

×× 地方和自己有关啊，×× 地方的阿成如此这般，自己听着脸上也没光彩啊。别人说的时间长了，大家不仅也就恨起了阿成，而且还想联合起来把他赶回老家。

后来，也许是天遂人愿，因为另一个工地急需用人，结果阿成与其他地方上的工人一起被调到了另一个工地。

这下好了，往后我们再也不会跟着阿成受气了，“滚得好，真是滚得好啊！”大家这样恨恨地如释重负地说着，无不兴高采烈。

只是，自此，我发现我们那时的生活好像突然少了一些什么，那种感觉我想应该就是一个喝惯了茶叶水的人，因为没了茶叶而无奈地喝起了白开水——肯定觉得寡淡极了。

而到了晚上，宿舍里的人翻来滚去的，谁也没了先前的欢愉和安静，一种沉闷的空气好像搅得每个人都在烦躁和无聊着。为什么呢？我想了想，觉得可能会是这样的吧——对于一个人带给自己的好处，我们总是不以为然；而对于一个人带给自己的坏处，我们总是怀恨在心。其实，对于阿成带给我们精神上面的享受（这种享受虽然显得很是低级，但它毕竟让大家感受到了轻松和欢愉），我们可能已经是习惯性地不能离开了，只是我们一直都是那样地不以为然。

阿成到底该不该走呢？我不知道，那时，宿舍里的人是否也会和我一样这样自问。

算来算去算自己

上

事情，得从狗旦的婚事说起。

这是豫西一个偏远的山村。

这些年，四邻八村那些外出打工的女孩子，有不少在打工期间谈了对象，纷纷远嫁他乡，这让村里那些男孩子的婚事显得一年比一年吃紧，那状况，完全可以用严峻来形容。打个比方，听说哪个小媳妇离了婚或是守了寡，马上就有几个年轻后生托人去说媒。

要是搁在几年前，这样的事，着急而又主动的，绝对不是年轻后生，而是小媳妇。而小媳妇托人说的那些男人，也绝对不会是年轻后生，而肯定是离了婚或是丧了婆娘的大男人。这世上，看来不管是物还是人，都是以稀为贵。

而糟糕的，是狗旦住在深山沟里，贫穷而且闭塞，所以，虽然到了谈婚论嫁的年龄，可婚事却如天上的月亮，远得让人没法想。

但婚姻乃大事，没法想也得想。庆幸的，是想这件大事的人，除了狗旦，还有另外一个人——在四邻八村早已出了名的女人精“老张妞”。

老张妞是狗旦的小姑。其实，她还不算老，只不过四十刚出头，要在城里，还可以穿着超短裙撒娇卖嗲装嫩呢。村里的人之所以要叫她老张妞，其一是因为她太精，其二是因为忌恨她的精。一个“老”字，恰到好处把两种含义全包含了进去。

山里人家，多为零星小户。老张妞的邻居当家人叫来顺。来顺儿，来顺儿，叫起来顺溜，事实上，活了大半辈子，他也没啥老顺的。眼下，唯一让他气顺的，是他有一个孝顺、漂亮的闺女——如今，谁家要是有一个漂亮的千金，那可真是有了一座金山啊！

女人精正在为侄子狗旦的婚事着急，她明白，正当婚龄的狗旦，现在如果说不上媳妇，过两年岁数大了，就更不好说甚至等于贴上了光棍的标签儿。

让老张妞发愁的，是狗旦除了家境酸得几乎到了头，长相也是酸得几乎到了头。不知是不是被这个听起来就不咋地的名字给“妨”（农村土语，熏染的意思）的了，狗旦长得精瘦不说，精瘦的身材上安了一个尖小的脑袋也不说，尖小的脑袋上配了两颗小小的滴溜乱转的眼珠还不说——因为这样整个人看起来虽然显得十分贼眉鼠眼，但毕竟有“灵”气在里面——让人难以理喻的，是狗旦这个外表十分贼眉鼠眼的家伙，偏偏极爱笑，有事没事有人没人，总是咧着嘴憨笑。这么一来，就给人一种精不精憨不憨的十分滑稽的感觉。咧嘴一笑，虽然是贬义但毕竟是“灵”气的东西全没了。如果用不伦不类这个词来形容，是确切不过了。

人们闹不明白，狗旦这个看起来应该贼精的娃子，为啥总爱咧嘴憨笑？有人说：可能是自己整天赶着满山跑的那群羊给“妨”的吧。那个接话的人没啥学问，没有用“乖顺”这两个字来形容那群羊，但知道羊的乖顺。

世上的事啊，不管简单还是复杂，都是怕琢磨。琢磨久了，简单的事能给琢磨复杂了，复杂的事能给琢磨简单了。老张妞日思夜想，琢磨来琢磨去，最后，她把如狗旦一样不停转动的闪闪发亮的小眼珠（女人，要是长了这样一双眼睛，那就不能叫贼亮，叫什么呢？那是让人看了觉得十分精明的印象）盯在了来顺家的闺女彩蝶身上。她认为，凭自己的本事，也许能把看似不可能娶进娘家门槛的彩蝶给娶过来。

精明的女人，因为爱张扬，所以说干什么马上就会干的。老张妞决定先把喜讯告诉给狗旦。

正是仲春时节，沉默、萧条了一冬的大山、小溪，一下变得灵动、光鲜了。满山满坡的绿啊，在温暖而又明丽的春阳的照耀下，美得让人眩目、让人心疼——心疼这少女一般娇滴滴的绿，会一下子从人间消失了（对至美的东西，人们总会这样不由生出神经质般的感觉）。

还有呢，松鼠在跳跃，鸟儿在欢叫，和着开始叮咚的溪流，那景致儿，真是叫人想多舒坦就有多舒坦。怪不得一位作家写道：“世上最穷的地方，往往都是最美的地方。”真是这样的。

走在清风拂面的山路上，有意浪浪地哼着歌的老张妞的心情，就像春天的景色一样——爽！每当心情爽的时候，她就忍不住想浪浪地唱自己会唱的仅仅是一句最多是几句词的某一首歌，这是她表达美好心情的独有的方式。特别的人，都有特别的与众不同的地方。

心里得劲了，干啥都不觉得累。十多里的山路，老张妞觉得走得格外轻松和开心，开心得不像回娘家，就像要参加小侄狗旦的婚礼——恍然之中，她好像真的看到了身着漂亮婚纱的彩蝶，正在春风吹拂之下，轻盈地朝娘家翩翩飞来！

“姑，咋不进门哩，站在那里发啥愣？”正要赶着羊群上山放羊的狗旦，咧嘴笑着招呼老张妞。

“哦，狗旦，今个儿你叫你爹上山放羊吧，我有关紧的事儿要给你讲。”老张妞从白日梦中醒来，就像下达命令一样很是权威地对狗旦说。

“啥事，姑？”狗旦从老张妞平静的脸上，看不出是喜事还是愁事，讨好似地笑着小心探问。

“进屋再说！”老张妞依然平静着脸，而且没有明示，这让狗旦心里突然有些发毛。

精，就得精得让人服气。这是老张妞几十年来刻意锻炼出来的能耐。而就这个能耐，确实让她在四乡八邻出了名：“这个女人，就是不简单哩，遇到事儿，不管是喜是悲，人家都是没事儿似的不乱一点阵脚，比爷们还要爷们呢！”这是许多在心里对她又恨又怕但又很敬的男人，对她由衷的评价。

“狗旦啊，你可是一个老大不小的人了，我看你是真该成家立业了。”老张妞虽然非常清楚狗旦成家不易的境况，但她却不那样说，因为那样说了，她认为不仅是自揭家丑，而且于事无补，甚至让狗旦和家人对婚姻大事因为无望而失去念头。这可不是她愿意看到的。

“姑，你知道咱的条件。”狗旦虽然憨笑着，头却勾得很低，他显然觉得婚姻很无望。

“啥条件不条件的，姑给你说，婚姻是命，命好了，哑巴傻子都能娶到媳妇。命不好，再好的条件也是白搭。今儿个姑就是为你的婚事而来的。”

直到现在，狗旦才知道老张妞这趟回娘家带来的是喜事。这让他突然挺起头，笑得更欢了，真真实实的欢。那挂在他脸上的笑啊，毕竟有很多是笑不由己的习惯性的笑。

“真让姑费心了！”狗旦知道老张妞的厉害，经她嘴里说出的事，一般都是能成的。

“给你说的媒啊，不仅保你满意，而且还要让咱王家大添光彩。”

“谁？！”狗旦的嘴巴忽然张得真的就像一条准备撕咬猎物的狗的嘴巴，因为惊喜而大得吓人——看起来憨实其实根本不憨的他，知道那“让王家大放光彩”的，肯定是一个好得自己想都不敢想的俏姑娘。

“你顺叔家的闺女，彩蝶！”这回，老张妞没有再卖关子，直话直说。

“她？！”显然是十分惊喜的狗旦，没有叫彩蝶的名字，而说“她”，让老张妞隐隐觉得，狗旦不但中意人家，而且可能想彩蝶想了很久了——虽然得不到，但想还是可以的。对嫩得像山葱一样的彩蝶，老张妞知道，别说是四乡八邻的后生整日在心里惦着，就是那些结了婚的肚里有些花花肠子的男人，也都在心里想着呢。

“姑说的人，你满意吧？”老张妞得意地问。

“肯定满意。不过，人家能看上我吗？”狗旦出奇地停住了笑，勾着头，有些心事地问。

“啥事都得动脑子，动了脑子，没影儿的事说不准都会成了真；不动脑子，能成的事，都会黄了。知道吗？狗旦。”老张妞用手指轻轻敲了敲狗旦的头，十分世故地说。

“那我就听您的。”狗旦虽然知道老张妞肯定会有办法，但心里忽觉怅怅的——此时，他好像娶到了彩蝶却又时时害怕彩蝶会飞了似的。

恍然的担忧，来自他心底珍藏了许久的如深山石窿下面看不见但听得见的潺潺涌动的细流一样的暗恋。

山里孩子上学晚。狗旦读书的时候，已是一个十来岁的少年了。起始，他比彩蝶高二班，后来，因为自己留了二级，便和彩蝶成了同班同学。

山上的花开了又落，满坡的树绿了又黄。随着年龄的增长，虽然还在小学，但班里的男同学，都懵懵懂懂在心底产生了对异性的如山花一样羞涩的爱情。那时，人们的思想还很保守，况且又是山里人，对爱情不像现在的年轻人那样，小小年纪就敢公开示爱、大胆追求了。大家对爱情的表达方式，只是聚在一起的时候，叽叽喳喳说班里的女同学谁长得漂亮谁长得耐看，就这样用夸赞来表达自己心中的爱。

经常流着鼻涕、衣衫破烂的狗旦，听着同学们对彩蝶眉飞色舞的夸赞，时常呵呵地笑。他因为不善言辞，更因为自己由于长相和衣着都很寒酸而时常被同学调侃、取笑而衍生的深深的自卑，虽然从来不敢在同学面前夸赞女学生，但对水灵灵的班里的同学一致认为是最好看的彩蝶，不仅同样和大家一样喜欢得不得了，而且就像着了魔似的深深迷上了彩蝶。每天的每天，他的脑子里面都会有一只蝴蝶在飞舞，飞舞的蝴蝶，使他浑身发飘、想入非非，幸福地沉浸在自我陶醉的爱情幻觉里。

就这样，汹汹地暗暗地涌动着的暗恋，支撑着因为极度渴望爱情却又无缘爱情因而更加渴望爱情的狗旦，走过了那些还未成熟的如山杏一般酸酸的涩涩的青春的岁月。直到后来，眼看婚姻就要无望，他脑子里那只轻盈的蝴蝶，才渐渐模糊了身影。

“咋办呢，姑？”狗旦从酸楚的回忆中，醒过神，向老张妞讨教爱情法典。

“到庙里拜佛求神，心诚才会灵验。我看这桩婚事，咱得先用‘诚’字去探路。”老张妞皱了皱眉头，显得很是诡谲。

“那搁住实脚该咋办呢？”狗旦显得很急切。

“我先去把媒给说了，然后你就天天去来顺家找彩蝶，天天去来顺家干活儿。”

“这能成吗？”狗旦心里不憨，知道老张妞用的是苦肉计，想到自己和彩蝶，真的就好像人家说的癞蛤蟆和天鹅，心里又不免打起了鼓。

“不成再说！”老张妞干脆、利索的语气，使狗旦觉得自己这被人称为女人精的小姑，对这桩婚事肯定全盘布好了局，自己唯小姑命是从就是了，心里一高兴，便情不自禁地呵呵笑了起来。

山村的夜，静静的；静静的夜空飘着细细的雨丝，偶尔一阵微风吹来，人会不由打个激灵，凉津津的激灵。这样的夜晚，干什么好呢？要么搂着老婆在被窝里亲热，要么在屋里对酣——春雨缠绵，看样子，雨是一时半会儿停不住的。这年月，好像受了城市快节奏的传染，虽然没人逼着干活儿，可左邻右舍都好像在暗地里比赛似的，没日没夜抢着干。此刻，下雨了，想干也干不成了，难得的舒心的闲适啊！

“来顺哥，今黑儿心情高，我再敬你一杯。”山里人喝酒，心情好不说心情好，而说心情高。因为约来顺喝酒是受了老婆摆布而心情并不怎么高的老张妞的丈夫，再次向已是微醺的来顺端起了酒杯。

“心情高，喝！”因生活的困窘而好久没有这么轻松的来顺，心情真的高得不得了，举起杯，“咕咚”一饮而尽。

“来来来。给你们续点儿茶。”在旁边坐着的老张妞，见来顺已是醉意朦胧，放下茶瓶，顺口说道：“来顺哥，俺想给你说个事，行不？”

“啥行不行的，有话尽管说。只要不杀人放火，俺都会尽力帮你们的忙。”酒不仅能壮人的胆量，而且也能长人的志气，平时看起来窝窝囊囊的来顺，此时竟也会说出这样男人味的话，先是让老张妞在心里忍不住很是好笑似地乐了一下，接着对酒的妙用唏嘘不已，不由意味深长地默念：酒啊，能帮人成大事哩！

“俺给你说的事，可不是小事。”

“哎呀，你快直说吧。”来顺被老张妞的丈夫敬着，一仰脖，又是一口。

“俺想问你家的彩蝶有没有婆家儿？”老张妞明明知道彩蝶还没与人订婚，仍是装着不知道似地问。

“这闺女啊，个性强得很，给她说了好几个媒，不知是她真没看上，还是有什么别的想法，反正到现在还没家儿。”来顺硬着舌头，有些语无伦次地说。

“那俺再给你说一家吧。”老张妞趁热打铁，急忙接过了话头儿。

“是谁啊？”给女儿提亲，不管咋讲，都是让自个儿脸上贴金的事儿，来顺便眯缝了醉眼，笑呵呵地问。

“这可不是别人，是俺娘家侄子，狗旦！”老张妞故意说得字正腔圆，居高临下的语气听起来，让人感觉狗旦肯定是一个才貌俱佳的小伙子。

“狗旦？！”来顺的酒一下醒了一半，这时，已经领教过老张妞家的酒不好喝的来顺，从心底彻彻底底认识到了老张妞家的酒确确实实不好喝。然而，至此，已无余地，只好在嘴上说道：“狗旦这孩子，要说也挺能干。不过，婚事毕竟是大事，等俺回去跟她娘俩商量商量再说吧。”

来顺说完，又想了想，觉得自己的话没啥毛病，才稳住了神——毕竟喝多了，他怕自己会答应了老张妞，日后让自己收不了场。

彩蝶确实是俊。人不高不矮、不胖不瘦的，尤其是被长长的睫毛罩着的那双水汪汪的大眼，嵌在鹅蛋脸上，真像两汪美丽的清泉，流露出深山女孩特有的灵气与妩媚。总之呢，看到她，不由就会使人发出“深山出俊鸟”的感叹。

当然，也有美中不足的地方，要不，就落入美女无瑕疵的写作俗套了，看了难免让人生厌。哪里不美呢，就是彩蝶的嘴巴稍稍大了点儿，嘴唇稍稍厚了点儿。但这是山里人的评价。如果让城里人来讲，他们可能不会说是瑕疵，而会艳羡地说：性感！

到底啥样？不啰嗦了，现在就说来顺以调侃的语气，把老张妞的意思传达给媳妇和闺女，媳妇只是苦笑着摇头，含意不明地说："彩蝶也真是太挑了，找个家里条件好一些的，把亲给定了，咱们不都省心了。"当家的山里人，到底把实实在在过日子放在了首位。

"爹，俺老张婶也真是欺人太甚了，自己的侄子娶不上媳妇，就打咱的主意，以后咱们不要再理她了。"彩蝶不愧是个懂事、乖巧的女孩子，虽然认为老张妞把自己说给看起来精不精憨不憨的羊倌狗旦，简直就是在作践自己，气得心口发疼，但却克制着情绪，没有说出难听、狠毒的话来。

山里人过日子，大都是要喂群鸡养头猪的。来顺家的猪过年时杀了，眼下逮了一头小猪崽，不料一场透透的春雨，把本来就摇摇欲坠的猪圈给下塌了。

春阳当头，来顺一家三口正在和泥垒猪圈，想不到老张妞领着狗旦远远地走了过来。狗旦手里，还提着一个大大的塑料袋，里面装了一大兜水果。

一家人愣着还没缓过神儿，老张妞便开口说话了："来顺哥，看你家要垒猪圈，一大早我就找人捎信，叫狗旦下来给你们搭帮手。"那语气，自然得好像狗旦已是人家的女婿，没有一点尴尬的意味。

"这，这……"来顺被老张妞的强霸气得满肚子搓火，却不知道该说什么才好——话轻了，怕不解气；话狠了，怕折了老张妞的面子，从此让两家人闹上别扭——就拿着沾了泥的瓦刀，苦笑着，呆呆愣在了那里。

“俺又没找您，帮啥忙哩！”手拿铁锨的彩蝶，终于忍耐不住，从粉嘟嘟的嘴里甩出一句合情合理但却难听带刺的话。

“彩蝶，婶给你说，这可不是我的意思，这是狗旦的心意！”老张妞真是个女人精，来意往狗旦身上一搁，既脱掉了干系，又表明了此行目的：俺就是冲着你彩蝶来的！恋爱自由，狗旦他想追你，这是犯法的事吗？

“你……”彩蝶用手指了一下，强忍住把已经窜到嘴边的“不要脸”给咽了回去。

“狗旦，愣着干啥，还不动手帮你顺叔干活？”老张妞开始强力进攻。

“好，好！”早已受了老张妞的点拨但此时亦觉得很是说不过去的狗旦，听了小姑的命令，本能地习惯性地从没趣的憨笑中回过神，把塑料袋往椅子上一放，鼓足劲，搬起一块很大的可能是来顺一家三口合在一起都搬不动的石头，摞到了来顺正在垒着的茬口上。

“好，叫他垒吧，咱们都回屋歇去！”来顺气得没法，拉住媳妇和彩蝶回到屋里，“咣当“一声，把老张妞和狗旦关在了外面——他想，这样一冷落，老张妞和狗旦肯定会无趣而返——谁的脸皮那么厚，受了人家如此冷脸，还赖着不走呢？

然而，老张妞何等人？她早就打好了“无赖”的算盘，而且认定只有用“无赖”的手段，才能帮着狗旦把彩蝶娶回家。

“狗旦，你顺叔不干，你就一个人干吧。既然心里喜欢人家，你就得表点诚意。”老张妞依然平静着脸，鼓动狗旦以诚为兵，继续进攻。

“操你祖宗八代的老张妞！你这是变着法强奸人哩！”扒拉着门缝向外窥看的来顺，见狗旦真的一个人动手垒起了猪圈，只觉心口一堵，一屁股跌在了椅子上。

自此以后，在老张妞教唆下，狗旦隔三差五往来顺家跑，闹得来顺一家就像躲避瘟疫似的，躲避着狗旦的狂轰滥炸。

“狗旦，你的脸皮，咋就这么厚呢？”多少次，听着彩蝶愤怒而又怜悯的斥骂，狗旦的心里就像打翻了五味瓶——其实，他是非常讨厌自己的所为的；为了娶到媳妇，为了娶到自己暗恋了多年的姑娘，他又经不住小姑的劝导，一次又一次鼓起勇气，涎着脸皮，万般难受地到彩蝶家主动帮忙干活儿。

“老天爷啊，你对人咋就这么不公平呢？”狗旦一个人在山谷里嘶哑着嗓子仰天质问，眼泪哗哗而下，憨实的汉子，心里的苦，深着呢！

“姑，我看咱就别再顽缠人家了。娶不到媳妇，我认了。”漆黑的晚上，再也不愿看人冷脸再也鼓不起勇气的狗旦，在老张妞家里铁心要放弃自己其实也是老张妞极力引诱和强力主张的追求。

“狗旦，小姑知道你心里苦。今晚叫你过来，就是想劝你想开点，别太跟自己过不去了。人家都说酒能解人愁，今黑儿你姑夫没在家，你就自己倒着喝吧。”老张妞一边说着，一边把酒和杯子放在了狗旦面前。

酒能乱人性，酒能壮人胆。她要借酒做大事哩！

昏黄的灯光下，仍然可以清晰地看到狗旦的脸庞被酒精烧得通红通红的，待他开始信口狂言，老张妞急忙将酒瓶收起，她了解狗旦的酒量和酒性，平日老实巴交的一个人，一旦被酒烧起来，胆子也是出奇的大。

“狗旦，你到底还想不想娶彩蝶了？”老张妞冷不丁追问。

“想有什么用？”狗旦终究还在恋着彩蝶。

“现在，照着姑说的去做，今晚就能把事儿定下来。”老张妞精亮的小眼，在灯下闪着刀刃一样的寒光。

“咋做呢？”狗旦觉得胸腔里有一团火在燃烧。

“来……”老张妞将嘴附在狗旦耳朵上，轻声嘀咕起来。

“姑，这可是违法的事啊！”

“违啥子法，这叫感情冲动，算不上犯罪！”老张妞有些愠怒地纠正。

“这样做，好吗？”狗旦醉意明显不是很重。

“狗旦，我说你咋就不像一个男人呢？这年头，撑死胆大的，饿死胆小的。照这个样子活下去，我看你啥时候也不会有出息！”

“好！我还听您的。”老张妞终于把狗旦给激起来了。

接下来的戏，是这样的——

老张妞摸黑儿把来顺两口子叫到家里，说自己做事做得太过分，今晚要赔礼道歉，并让狗旦保证今后不要再来纠缠彩蝶；狗旦借口到外边撒尿，摸到了彩蝶房里；来顺和媳妇，见狗旦出去尿尿久久不归，感觉不妙，慌慌张张跑回家，只见彩蝶衣衫不整，趴在床上，掩面恸哭……

老张妞随后赶去，看到如此局面，先是嘴角露出不易觉察之冷笑，接着，手戳狗旦脑门，厉声“斥责”：“狗旦啊狗旦，强扭的瓜不甜，你咋会走火入魔，做出这样的傻事呢？”

一出精心编排的戏，也算是滴水不漏、天衣无缝了。结局——

经老张妞极力说合极力劝导极力哀求，彩蝶无奈嫁给了狗旦。她对来顺夫妇说，咱可丢不起这个人；她对彩蝶说，自古红颜多薄命，一硬一软，分别击中了来顺夫妇和彩蝶的软肋。老张妞早已料定，他（她）的境况，注定没有退路。

可惜啊！一座“金山”，在老张妞算计下，顷刻间就变成了残枝败叶。

下

话说狗旦与彩蝶成了家，出人意料地由相安无事发展为相敬如宾。过程当然也是有些曲折的。尤其是当初，虽然狗旦把彩蝶当做宝贝时时护在手心儿，但彩蝶仍是冷了一阵儿脸。不过彩蝶毕竟是一个本分的闺女，而且在心里对自己的婚事认了命，这样，在狗旦呵护下，一颗冰心没有多久便复苏解冻，就像春风拂过的小溪，不知不觉流露出了脉脉水波；以后，日久生情，竟也跟狗旦恩爱有加了。

节枝呢，就出在老张妞身上。

对于狗旦和彩蝶这桩已经大功告成的婚事，在老张妞心里还悬着，她怕已经成功的婚事，随着时日会出现转折，最终又把已经成功的对她而言其实应是暂时成功的婚事，给弄散了。

这原本没有错，但事实却是错了。

“俺说妞啊，你可真有本事，来顺家的彩蝶，那么多人说媒都没成事儿，可你这个女将一出马，尽管狗旦人，啊，不是，是狗旦家里穷得叮当响，最后却成了。有能耐，真有能耐啊！”竖着大拇指恭维的，是一个也算是精明但比老张妞显然要逊色许多因而对老张妞很是忌恨的饶舌婆娘（她在恭维的时候，提及狗旦，本来是要说“尽管狗旦人那样不咋地”，可一看老张妞眉头微蹙，隐有愠怒之色，急忙话锋一转，改为“是狗旦家里穷得叮当响”）。

“不过，俗话说煮熟的鸭子还会飞呢，彩蝶长得那么好，俺说你们可得多操些心哩！”话的意思可能是好意，但刻意加重的语气，刻意放慢的语调，听起来便带了阴阴的森森的怪味——俺就是巴不得彩蝶赶快飞了呢——其实有意在给老张妞找事端的饶舌妇女，在心里真是这样想的。

“啊，谢谢，知道了，这事咱早就想到了，咱会想办法让彩蝶铁心跟狗旦过光景的。”先是听了恭维的话而十分中意的老张妞，被后面的话一“敲”，虽然面不改色、傲气十足地用“咱”逞着，但心里已是怒意汹汹、阵脚大乱——“娘那个 ×，哪壶不开你提哪壶，这事儿还用你来提醒？”狠狠的暗骂里，夹杂着些许懊恼与无奈。

这世上的病，属什么最难治呢？俺看要数心病了。老张妞这个女人精，居然为狗旦和彩蝶的婚事而害上了日缠夜绕的心病。

她摸不透的，是狗旦和彩蝶怎么会相安无事?

不对，绝对不对！她在心里十分自信地估摸。她一直认为，狗旦和彩蝶隔三差五地大吵大闹才合乎常理。尤其是彩蝶，这么久了，竟然没有对狗旦发过大的脾气，让她实在想不通。在她的心里，说到底，就是少了一个“由大吵大闹到逐渐安心”那样一个漫长的过度。

莫非，莫非彩蝶背地里真的有了相好，一直在“明修栈桥，暗度陈仓”？想着饶舌妇女说的那些话,老张妞不由在心里打了一个刺目的“？”

又是一个新年。过完年，彩蝶也随村里那些常年在外打工的姐妹们外出打工了。老张妞更加茶饭不思起来——我操办的这个婚事，绝对不能出现变故。要不，别人笑话哩——那么俊俏的彩蝶，飞出大山，还会飞回来吗?

她的心思，竟然一天到晚全放在了彩蝶身上。而且，越是看不见裂变的迹象，她越是寝食不安。看来，世上那些令人担忧的不妙的事情，唯有不可知的，才是最令人胆怯和害怕的。

仲秋时节，还未出惯远门并且一直惦着家事的彩蝶，独自回乡帮忙收秋。仅仅多半年的日子，城市的生活就把原本漂亮的彩蝶熏染得更加漂亮了，尤其是她身上穿的那套粉红色的西装套裙，配以黑色丝袜、长筒皮靴，使她浑身上下洋溢着都市丽人的时尚与妩媚，让村里的男人着实饱足了眼福。

“啧啧，这么阔气，在外边没有男人才怪呢?”听着村里那些饶舌婆娘由忌恨而衍生的猜测，老张妞再也沉不住气了，她决定主动出击，弄个虚实。

办法呢？还是那个“酒”字。

这天晚上，丈夫吃完饭，老张妞主动炒了两个菜，拿出一瓶酒，太阳打西边出来似地说道:“前几天收秋，看你怪累的，现在地里的活儿也都忙完了，今黑儿陪你喝两杯，也算是犒劳你了。”

老张妞的丈夫面对突如其来的关怀，虽然有些摸不着头脑，但看到酒和菜，也不再多问，大杯大杯地饮了起来。

酒至半酣，老张妞开始道“实底”，只见她凑近丈夫，开口说道:“我说当家的，你说我那侄媳妇彩蝶，在外边会不会有相好?”

“有没有我哪里知道?”老张妞的丈夫心不在焉地回话。

“哎，当心点，我可是给你说正经事呢?”见老婆面有不悦，老张妞的丈夫赶紧像模像样竖起耳朵，神情专注地想了一下，说道:“我看他（她）俩过得安安省省的，不像有啥不对劲儿的。”

“问题就在这儿。你想，当初彩蝶是怎么嫁给狗旦的? 婚后，那么俊俏的她，竟然没有闹腾，说不过去啊!”老张妞顿了顿，又悔悟似地说:“哎，当初我只顾一时，竟忘了长远。这桩婚事，我总觉得闹心啊!”

听老婆这么一讲，老张妞的丈夫顿时也觉得狗旦和彩蝶确实是安省得叫人起疑。

“你知道，咱家狗旦是个老实人，心眼儿少，要是彩蝶不安分，早晚会让狗旦倒霉的。”

“那现在确实看不出有啥不对劲儿的啊!”老张妞的丈夫虽然觉得蹊跷，但却说不出道道。

“我看了这么久,也没看出啥破绽。所以,咱得自己想办法,主动出击，探个虚实。”老张妞一双精亮的小眼，又露出了森森寒光。

“咋探呢?”

老张妞先是看了看丈夫，接着才又说道:“这几天农闲，狗旦出义务工修俺们庄儿上的路去了。工地离村子较远，晚上他们一般都住在工地。狗旦的屋里，现在只有彩蝶一个人，你这就摸黑儿过去，到俺家里敲门就说找狗旦有事，待彩蝶打开门，你装着喝醉的样子，要那个她。这时，我想，彩蝶要是一个安分的女人，她就会死活不顾地抵抗；如果她是一个外边有了男人的女人，她就不会过分在乎。这一点，我觉得，你试试就能看出来。”

“这样做,行吗？”老张妞的丈夫被老张妞的这个计谋惊得似在梦中。

“只要你装出喝醉的样子，然后把握好分寸，我看没什么大事。”

老张妞的丈夫低头不语。

“哎，只好这样了。探个虚实，我这心里的石头才会搬出来。要不，整天压着，我不知道这日子还能过多久。”老张妞突然间竟涌起一种自怜的情愫。

“我还是觉得这样做不妥！”老张妞的丈夫终究觉得老张妞的这个计谋实在过于荒唐。

“你就试试吧。如果彩蝶是个不安分的女人，说啥也不能再让她出去打工了。那样，她一走可能就不会再回来。”老张妞要急切实施她的计谋。此时，她已把实施计谋这个活动本身看得比什么都重要。她这样精明的女人，总是把自己想出的计谋看做是自己的能耐而暂时不计其他。

不过，丈夫出门的时候，她还能够提醒：一定要把握好分寸：如果彩蝶真的死活不从，就不要强行。赶紧赔礼道歉，说自己喝多了；如果彩蝶不太在意，甚至半推半就，也不要强行。这个原因，老张妞没说，但丈夫心里明白——不能将错就错，背叛你老张妞，去占侄媳妇的便宜。

这天夜里，急切盼望丈夫回来报“虚实”的老张妞，竟然盼来了村民惊慌的噩耗:“不好了，不好了，你那当家的被你弟弟狗旦给抡死了！”

怎么回事呢？原来老张妞的丈夫，遵照老张妞的吩咐，前去探摸“虚实”，看到彩蝶身着睡衣，酥胸微露，性感迷人，一时性起，虽见彩蝶死活不从，奋力反抗，却难以遵从老婆提醒，执意要“那个”彩蝶；此时，贪恋床第之欢的狗旦,心血来潮、难以自控,匆匆赶回村子欲找彩蝶亲热,突见媳妇被一汉子欺辱，怒从心起，拿起屋门后边的镢头，照着只能看到后背的姑夫脑袋抡了过去。结果,用劲太大,一下把姑夫给抡死了……

巧啊，巧啊！世上的事，有时不就是巧得这样让人瞠目结舌、难圆其说吗?

“算来算去算自己……”此后，在山间的小道上、树林里，有一个披头散发的疯女人,不停哼唱着这句好多人都不知道是哪个歌星唱的歌。那声调，初听浪浪的；细听，竟有幡然醒悟的悲味。

这个女人，便是女人精老张妞。

后　记

因为生活，更为心中埋藏已久的文学的梦想（我热切渴望自己的“工地日记”能够出版发行，热切渴望自己在文学的天空能够拥有一片小小的空间），我又漂到了北京（京城浓郁深厚的文化气息和开放包容的氛围，使我觉得这里真是一个适宜放飞梦想的地方），其间，一个镜头和一份报纸，不仅让我看到了自己的希望，而且也看到了许许多多的农民工朋友的希望——

镜头：2013 年 4 月 1 日早上，走在北京市昌平区霍营乡科星西路的马路上，看到身边有许多戴着黄色安全帽的农民工，正在走向各自的工地，我倍感欣喜：这些我觉得十分亲切的农民工朋友，不仅有不少都是朝气蓬勃的小青年，而且还有好多个壮实却也靓丽的女孩儿（其中有一个，我还不由多瞟了她一眼，原因，是因为她长得实在是太漂亮了，即使穿着那身干活时穿的衣服，我依然觉得她一点也不会比街上那些美女逊色）——城市的建设步伐，相信仍然要以迅猛的速度向前迈进，农民工的身影注定仍然要在城市叠现，新鲜的血液，不只是接力，亦是希望和曙光，在京城漂泊的日子我虽然深知他们的身上依然有着我的工地生活的影子，我的一些工地生活的故事还在他们那里延续，但生活条件和薪酬待遇，较之以前已经天壤之别，相信有各级政府的关注和各界人士的关爱，农民工朋友一定越来越好。

报纸：2013 年 6 月 17 日，《北京青年报》C1 版“编者按”中写道：每个人就如同一颗流星，只有人人自由追逐、怒放梦想，才能汇聚成整个民族如同银河般灿烂辉煌。正是十三亿个鲜活的生命编织的一个又一个绚丽的梦想，汇成我们的中国梦；《逐梦·筑梦》中写道：这不是一个关于金钱和成功的梦想。这是一个关于公平的理想：让草根同样能得到雨露与阳光，同样有穿越石块泥土向上延展的通道——是的，在这么一个最宜放飞梦想，这么一个最宜梦想成真的时代，只要人人绽放梦想，我们一定能够拥有一个更加绚丽的明天，我们一定能够拥有一个更加灿烂的未来！让我们一同为未来而奋斗。

——愿我的“工地日记”在岁月里尘封